KB268772

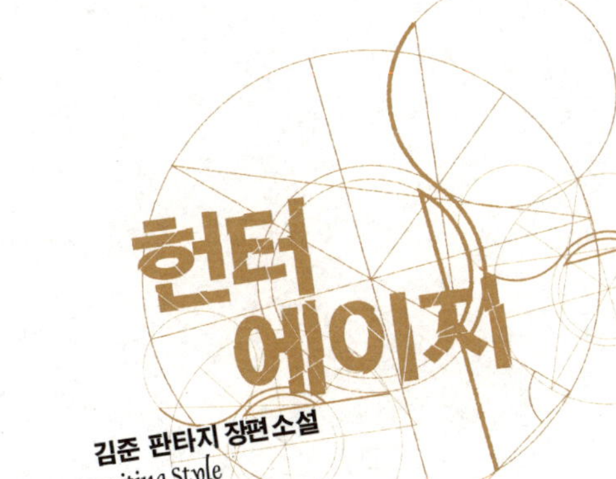

헌터 에이지

김준 판타지 장편소설
Fantasy Exciting Style

헌터에이지 1

김준 판타지 장편 소설

초판 1쇄 찍은 날 § 2007년 6월 14일
초판 1쇄 펴낸 날 § 2007년 6월 18일

지은이 § 김준
펴낸이 § 서경석

편집장 § 김대식
편집책임 § 이환진
편집 § 조수희

펴낸곳 § 도서출판 청어람
등록번호 § 제1081-1-89호
등록일자 § 1999. 5. 31
어람번호 § 제1-0842호

주소 § 경기도 부천시 원미구 심곡1동 350-1 남성B/D 3F (우) 420-011
전화 § 032-656-4452 팩스 § 032-656-4453
http://cyworld.nate.com/bluebook_
E-mail § blue_book@hanmail.net

ⓒ 김준, 2007

ISBN 978-89-251-0750-9 04810
ISBN 978-89-251-0749-3 (세트)

헌터 에이지

김준 판타지 장편소설

Fantasy Exciting Style

BLUE BOOK

도서출판 청어람

"꺄아악!"

아침이 완전하게 자리를 잡아가는 시점에 난데없이 날카로운 비명이 거대한 저택을 혼란에 빠뜨렸다. 비명의 진원지를 찾아 저택을 지키는 병사들과 기사들은 급히 내달렸다.

"어디냐?"

"어디서 난 소리야!"

기사들과 병사들은 다급하게 달렸다.

얼마의 시간이 흘러 그들은 비명이 난 곳을 찾아냈다.

"저곳은?"

"공자님의 방이다."

소리가 난 곳을 찾은 기사들과 병사들은 다시 달음박질치기 시작했고, 선두엔 어느새 이 대저택의 주인인 마한 백작이 달리고 있었다.

몇 개의 계단을 내려가고, 몇 차례 굽이를 돌아, 늘어선 복도들을 지나친 백작 일행은 마침내 백작의 첫째 아들이 기거하던 방에 도착했다.

"흑흑흑."

"이 냄새는……."

"피 냄새다."

방에 가까워지면서 사람들의 귀에는 여인의 울음소리가 들려왔고, 코로는 비릿한 피 냄새가 파고들었다.

옆에 있던 병사에게서 검을 받아 든 백작과 자신의 검을 뽑아 든 기사단장이 조심스럽게 반쯤 열린 방문을 열었다.

백작가 공자의 화려한 침실에는 아무도 없었다. 울음소리를 좇아 사람들은 방에 딸린 서재로 들어섰고, 그들은 한쪽이 뻥 뚫린 벽을 찾아냈다.

백작 일행은 조심스럽게 비밀의 공간 속으로 들어섰다. 어두침침한 계단을 따라 내려간 백작 일행의 눈에 마침내 최종 종착지가 들어왔다.

"맙소사……."

"우욱!"

타타탁!

누군가의 입에서 경악성이 터져 나왔고, 몇몇인가는 구역질을 하면서 위로 튀어 올라갔다. 백작을 포함한 나머지는 경악에 가득 찬 시선으로 밀실의 내부를 보고 있었다.

아침을 맞이해 공자의 방을 치우러 들어왔던 하녀들이 비명의 주인공이었다. 자리에 없는 공자를 찾은 그녀들의 호기심은 비명과 기절이라는 보답을 받았고, 이어서 백작을 위시한 많은 이들이 밀실을 보게 되었다는 부록까지 얻게 만들었다.
"저들을 데리고 나가고, 이곳에는 누구도 들이지 말게."
"알겠습니다."
"'누구도'에는 귀관들도 포함된다."
"각하!"
"명령에 따르게!"
"알겠습니다."
기절한 하녀들이 실려 나가는 동안, 백작은 질린 눈으로 밀실 안을 살폈다.
사방에 피가 낭자했고, 많은 유리병에는 남녀노소를 불문한 여러 인간들의 각 신체 부위가 낱낱이 분해된 채 표본으로 전시되어 있었다.
백작은 밀실에 연결된 또 다른 별실들의 문을 열고는 하나하나 살피기 시작했다. 그 안에는 각종 병장기와 갑옷들, 시체들이 널려 있었다.

백작은 꼼꼼하게 무기들을 살폈다. 대부분의 무기들은 완전히 망가져 있었고, 특히 갑옷들과 검들은 예리하게 잘려져 있었다.

갑옷을 살피던 백작은 갑옷 내부를 물들인 핏자국들과 살점들을 볼 수 있었다. 떨리는 몸을 억지로 일으킨 백작은 처음의 밀실로 돌아왔다.

백작은 아들의 시체를 외면한 채 계속 주변을 살폈다. 그렇게 주변을 살피던 백작은 찌푸린 얼굴로 한곳에 놓인 책상으로 걸어갔다.

책상 위에 펼쳐진 노트의 페이지를 넘기며 백작은 조용히 읽어 나갔다.

"검상을 입은 부위에 따른 사망 시간의 변화…… 동일한 부상의 경우 연령대와 성별에 따른 사망 시간의 변화…… 검기로 인한 자상과 일반 자상의 차이…… 갑옷을 입었을 경우 치명상에 이를 수 있는 부상의 정도…… 오러를 사용할 수 있는 자들이 방출한 살기를 보통 인간은 어디까지 견딜 수 있나…… 자식과 같은 중대한 가치를 가진 이들을 보호할 때 인간은 어느 정도의 전투력을 가지는가? 성별과 연령대별 차이……."

차마 다 읽지 못하고 책을 덮은 백작은 눈을 감으며 중얼거렸다.

"후우~ 아들아…… 무슨 짓을 한 거냐?"

긴 한숨과 함께 휘청거리는 몸을 진정시킨 백작은 아들의 시신으로 눈을 돌렸다.

양팔이 잘린 채 고통에 가득 찬 표정으로 죽은 아들의 시체를 살피던 백작은 몸 위에 떨어진 한 장의 카드를 발견했다. 카드를 집어 든 백작은 묻은 피를 닦아내고 그것을 살폈다.

보자기를 뒤집어 쓴 모양의 유령이 목이 졸려 매달려 있는 그림이 그려진 카드.

백작은 이 그림이 낯설지 않다는 것을 느끼고는 기억을 더듬었다.

"헉! 설마……."

기억 속에서 카드에 그려진 그림이 의미하는 것을 반추하던 백작은 경악하며 카드를 다시 살폈다.

카드에 그려진 그림은 자신의 할아버지와 아버지를 통해서 내려오던 경고 속의 그림이었다. 카드를 손에 쥔 백작의 손이 점점 강하게 떨리기 시작했다.

"헌터……."

이름과 스승을 얻다

Hunter
Age

이름과 스승을 얻다

어둠 속에 묻힌 거대한 산. 정상을 뒤덮은 만년설 덕분에 산 주변 마을의 주민들은 그 산을 '화이트헤드' 산이라고 불렀다.

"후우~."

화이트헤드 산 한구석에 있는 작은 공터에 선 남자는 하늘을 보면서 한숨을 쉬었다.

남자의 시선은 북쪽 향도성 옆에서 빛나고 있는 붉은 별에 고정되어 있었다.

한참 동안 잡아먹을 것처럼 별을 노려보던 남자는 몸을 돌려 뒤에 있는 오두막으로 향하며 투덜거렸다.

"왜 하필이면 내 대에 와서…… 젠장."

거대한 도시.

강력한 왕국의 수도인 듯 도시는 크고 화려했다. 거대한 왕궁을 중심으로 대로가 동서남북으로 뻗어 있었고, 그 대로에서 가지가 뻗어나가듯이 크고 작은 도로들이 가로 세로로 연결되어 있다.

왕궁을 중심으로 고급 주택가들과 그들을 상대로 하는 고급 상점가들이 자리를 잡았고, 그 외곽으로 갈수록 가난한 자들의 생활공간이 만들어져 있었다.

결국 도시를 방어하기 위한 성벽의 아랫부분, 가장 볕이 안 들어오는 곳은 이곳에서 가장 가난한 자들의 자리가 되어버렸다.

"배고프다."

햇볕이 들어오는 자리에 몸을 웅크리고 앉은 아이는 고픈 배를 쓰다듬으며 중얼거렸다.

아이의 몸과 얼굴은 굶주림으로 인해 바싹 말라 있었지만, 비슷한 상황을 겪고 있는 다른 아이들과 달리 맑은 눈빛을 가지고 있었다.

"일을 나가봐야 하는데……."

아이는 굶주림에 지친 몸을 억지로 일으켜 세워 옷에 묻은 먼지를 털어내고는 큰길로 걸어나갔다.

아이는 우선 근처 신전에 있는 분수대로 걸음을 옮겼다. 분수대에서 나오는 물로 배를 채운 아이는 세수까지 마치고 신전을 쳐다봤다.

"오늘은 배를 곯지 않게 해주세요."

그날 저녁, 지는 해를 등으로 받으며 아이는 아침에 있던 골목으로 돌아왔다. 아이는 품에서 딱딱한 흑빵을 꺼내들며 하늘을 향해 미소를 지었다.

"감사합니다."

감사를 표한 아이는 자신이 잠자리로 만든 작은 움막으로 걸어갔다. 움막 앞에 앉은 아이는 흑빵을 손으로 조심스럽게 뜯었다.

천하일미의 음식을 맛보는 듯 기쁨에 가득 차 흑빵을 뜯던 아이는 맞은편 구석에 쪼그리고 앉아 있는 강아지를 발견했다.

뼈가 보일 정도로 바삭 마른 강아지는 혀를 내밀고 아이를, 아니 아이 손에 들린 빵을 바라봤다.

강아지를 보던 아이는 손에 들린 흑빵의 한쪽을 뜯어 강아지에게 던져 줬다.

허겁지겁 빵을 먹는 강아지를 보던 아이가 중얼거렸다.

"저 강아지 이름이 뭐였더라? 너 이름이 뭐냐?"

아이의 물음에 강아지는 잠시 귀를 쫑긋하다가 다시 빵을 먹는 것에 정신이 팔렸다. 아이 역시 자신의 손에 들린 빵을 먹는 것에 정신을 팔았다.

빵을 다 먹은 아이는 밤하늘을 잠시 보다가 자신의 움막으로 들어가 잠을 청했다.

*　　　*　　　*

아이의 하루하루는 어제와 같은 오늘의 연속이었다.

운이 좋아 먹을 것이나 약간의 돈을 얻는 날도 있었지만, 하루를 공치고 몇 모금의 물로 공복을 메우는 날이 더욱 많았다.

그렇게 하루를 공치고 돌아오는 날마다, 아이는 분수대에서 물로 배를 채우고는 아침과는 다른 표정으로 신전을 바라봤다.

"거, 배고픈 꼬맹이 배 채워주시는 일도 못하는 겁니까? 댁도 주머니 봐 가면서 일 하시는 거요?"

혹시 신관들이나 신자들이 들을까봐 아이는 작은 목소리로 투덜거렸다.

물만 잔뜩 먹어 출렁거리는 배를 움켜쥔 채 자신의 움막으로 돌아오는 아이를 본 강아지가 꼬리를 흔들며 아이의 뒤를 따랐다.

"오늘도 먹을 것은 없어."

"끼잉."

아이가 빈손을 펼쳐 보이자, 강아지는 앓는 소리를 하고는 앞발에 고개를 얹었다. 강아지와 마찬가지로 힘없이 움막에 주저앉은 아이는 밤하늘을 잠시 보다가 잠을 청했다.

"내일은 운이 좋겠지."

다음날 아침이 밝자, 아이는 주섬주섬 움막에서 나와 해를 보며 자리에 앉았다. 따스한 햇살을 받으며 굳은 몸을 덥힌 아이는 강아지를 보면서 손을 흔들었다.

"갔다 올게."

언제나처럼 신전으로 와 목을 축이고 잠시 기원을 한 아이는 몸을 돌렸다.

"오늘은 성문 쪽으로 가볼까?"

＊　　　＊　　　＊

"여기가 듀넨버그인가?"

화이트헤드 산에서 별을 보며 투덜거리던 남자는 듀넨버그 성의 성문을 바라보면서 목을 좌우로 움직였다.

성에 들어가기 전에 남자는 손으로 갑옷과 여기저기에 묻은 먼지들을 털어냈다. 먼지를 어느 정도 털어낸 남자는 성으로 들어가는 인파에 합류하며 중얼거렸다.

"이곳 듀넨버그에서 찾을 수 있을까……."

성문에 도착한 아이는 문을 통해 도시로 들어오는 사람들을 주의 깊게 살폈다.

일국의 수도답게 들어오는 사람들은 많았고, 아이와 비슷한 처지의 다른 아이들은 그들에게 달라붙어 구걸을 했다. 하지만 아이는 구걸하지 않고 다른 방식으로 사람들을 대했다.

"마하트 왕국의 수도 듀넨버그에 오신 것을 환영합니다. 혹시 정하신 여관이 있으신가요?"

"없단다, 꼬마야."

"그럼 제가 좋은 곳으로 안내를 해 드려도 될까요?"

아이는 밝은 미소를 지으며 말을 건넸지만 대다수의 여행객들은 고개를 가로저었다.

사람들이 거절할 때마다 아이는 실망했지만, 그래도 굴하지 않고 다른 사람을 살폈다.

그렇게 아이는 최선의 노력을 계속했지만, 결과는 한 건의 성공도 이뤄지지 않고 있었다.

해를 보며 때를 가늠하던 아이는 성문으로 들어오는 사람들을 보면서 중얼거렸다.

"한 번만 더 해보자. 안된다면 시장에 가 봐야지."

다시금 결의를 다진 아이는 더욱 집중해서 사람들을 살피기 시작했다. 그러는 동안 성문을 통해 들어오는 사람들의 수는 점점 줄어들었다.

마침내 아이는 한 남자에게 다가가 인사를 했다.

"듀넨버그에 오신 것을 환영합니다. 혹시 정하신 여관이 있으신가요?"

"아직은 없는데?"

"그럼 제가 안내를 해도 될까요?"

아이의 말에 남자는 잠시 턱을 쓰다듬으며 아이를 바라보고는 고개를 끄덕였다.

"그러자꾸나."

"감사합니다. 짐을 주세요."

아이가 손을 내밀자, 남자는 어깨에 멘 배낭을 다시 추스르고는 손을 저었다.

"짐은 되었다. 네가 들기에는 무척 무겁단다."

"괜찮습니다."

"괜찮아. 그보다 배가 고프구나."

"따라오세요."

남자의 말에 아이는 서둘러 앞장을 섰다.

"아줌마~ 손님이요!"

"어서 오세요!"

아이의 외침에 여관 주인으로 보이는 여자가 푸짐한 미소를 지으며 주방 문을 열고 밖으로 나왔다. 남자는 여관의 내부를 잠시 둘러보았다.

'그리 나쁘지는 않군. 약간 낡았지만, 깔끔해. 후회는 안 하겠군.'

　　결정을 내린 남자는 카운터로 걸어갔고, 미리 카운터에 가 있던 여자는 아이에게 손짓을 했다.

　　“조금 기다리렴. 일 끝나면 곧장 갈 테니까.”

　　“예.”

　　여자의 말을 들은 아이는 발을 돌려 문을 나섰고, 그것을 본 남자는 여자에게 물었다.

　　“아들입니까?”

　　“아니요. 손님을 모셔오는 것으로 벌이를 하는 아이지요.”

　　“그럼 또 손님을 모시기 위해 나가는 것인가요?”

　　“아니요. 시간이 늦었으니 아마 여관 뒷문 쪽에 가 있을 것입니다. 조금 있다가 먹을 것이나 좀 쥐어줘야겠지요. 묵고 가실 건가요?”

　　“예. 숙박과 식사 가능하지요?”

　　“1박과 아침, 저녁 제공으로 1실버 10상팀입니다. 하루치는 무조건 선불입니다.”

　　여자의 말에 남자는 품에서 작은 주머니를 꺼내 은화와 동화 하나를 꺼내 카운터에 얹었다.

　　금액을 확인한 여자는 뒤쪽에서 열쇠를 꺼내 앞장섰고, 남자는 그 뒤를 따랐다. 남자에게 방을 안내한 여자는 짐을 내려놓는 남자에게 물었다.

　　“저녁은 지금 드실 건가요?”

　　“아, 잠시 나가야 하니까 돌아와서 먹지요.”

남자의 대답에 여자는 열쇠를 건네주고는 밑으로 내려갔다.

열쇠를 받은 남자는 배낭을 한곳에 잘 놔두고는 문을 잠그고 밑으로 내려갔다.

주인에게 키를 맡긴 남자는 여관 밖으로 나와 주위를 살폈다. 여관 뒷문에서 음식을 먹고 있는 아이를 발견한 남자는 아이의 눈을 피해 몸을 숨겼다.

주인 여자에게 접시를 돌려준 아이는 작은 보퉁이를 받아 들고는 걸음을 옮겼다.

아이가 움직이자, 남자는 소리없이 아이의 뒤를 따르기 시작했다. 품에서 작은 육포를 꺼내든 남자는 그것을 씹으며 투덜거렸다.

"기껏 방 잡아놓고 이 무슨 꼴이람……."

*　　　*　　　*

혹시라도 음식을 뺏길까 품에 꼭 안은 아이는 조심스럽게 주위를 살피며 자신의 움막으로 돌아왔다. 움막 입구에 앉은 아이는 품에 껴안고 있던 음식 보퉁이를 바닥에 내려놓고는 행복한 미소를 지었다.

"끄응……."

"너도 좀 먹어라."

언제나처럼 자리를 지키고 있던 강아지가 끙끙거리자, 아이는 받아온 음식 중에서 작은 고기 조각을 떼어 강아지에게 던져주고 음식을 먹기 시작했다.

아이가 식사를 다 끝내자, 뒤를 따르던 남자는 아이 앞으로 모습을 드러냈다.

"맛있게 먹었니?"

갑작스럽게 남자가 모습을 드러내자, 아이는 표정이 굳으며 경계를 했다.

'완전히 버려진 고양이 같군.'

"겁먹을 필요는 없어. 아까 네가 나를 여관까지 안내해 줬잖니?"

달빛을 받으며 남자는 자신의 모습을 훤히 드러냈지만, 아이는 여전히 경계를 풀지 않았다.

"그렇지요. 그렇기 때문에 더욱 조심해야겠죠."

언제라도 어두운 골목으로 달릴 준비를 하는 아이를 본 남자는 땅에 쭈그리고 앉아 아이와 눈을 맞추었다.

"아, 단지 몇 가지를 좀 묻고 싶을 뿐이야. 네가 대답을 잘해주면 이것을 주마."

남자는 주머니에서 은화를 꺼내 아이에게 보여주었다.

"물어보세요."

여전히 자세를 풀지 않고 아이가 대답하자, 남자는 쓴웃음을 짓고는 입을 열었다.

"에…… 우선, 네 이름이 뭐니?"

“없어요.”

“없어?”

“고아니까요. 누군가 절 이 골목에 버렸다고 하더군요.”

“용케 살아남았구나.”

“구빈원에서 일곱 살까지 살았었어요. 일곱 살 생일 때 도망쳤지만요.”

“구빈원? 거기라면 여기보다 낫지 않았을까?”

“글쎄요. 아저씨가 아는 구빈원이 어떤 곳인지는 몰라도 내가 있던 구빈원은 이 뒷골목보다 안 좋은 곳이었어요. 맹물보다 조금 기름기가 있는 죽을 하루 세끼 주는 구빈원이었으니까요.”

“나라나 신전에서 지원이 나올 텐데?”

“아저씨네 동네 구빈원엔 지원되나 보죠? 제가 있던 이 수도의 구빈원보다 지원이 잘되는 곳이라…… 어느 미친 영주가 다스리는 곳인가요?”

“큭!”

잠시 웃던 남자는 다시 물었다.

“그럼 지금 몇 살이니?”

“11살이요.”

“그렇게 안 보이는데?”

“아저씨도 굶고 살아봐요.”

‘내가 정말 아이하고 이야기하고 있는 거 맞아?’

"나도 수도엔 몇 번 와봤는데 말이다. 너 같은 신세의 아이들은 구걸을 많이 하던데, 너는 안 그러더라?"

"구걸은 쉽지만, 그 다음은 답이 없죠. 하지만 일을 하면 처음 얼마간은 구걸보다 굶는 날이 많아질지 몰라도 다음에는 굶을 일이 적어지지요. 하다못해 딱딱한 흑빵 하나라도 건질 수 있으니까요."

"아까처럼 손님에게 인사하는 법은 어디서 배웠니?"

"성문을 지키는 아저씨들에게 배웠지요. 좀 있어 보이는 사람들이 들어오면 그렇게 외치더라고요. 간혹 돈을 주체 못하는 귀족 양반들이 몇 푼 던져 주는 것도 봤구요. 그리고 밥이 달린 손님한테는 방긋 웃어주는 것이 성공률이 높더라고요."

아이의 대답에 남자는 고개를 끄덕이며 아이를 다시 살폈다.

"그런데 그 많은 사람들 중에 왜 나를 골랐지? 단체로 몰려오는 사람들도 많았잖아?"

"단체로 오는 사람들은 의견들이 갈려서 딴 곳으로 가기 쉬워요. 하지만, 아저씨는 혼자지요. 그리고 입고 계시는 갑옷은 낡았지만 관리가 잘된 가죽 갑옷. 아시다시피 갑옷이란 것이 싼 물건은 아니잖아요. 많이 털어내기는 하셨지만 여기저기 보이는 흙먼지들은 노숙을 많이 하셨다는 것이고, 그러면 우선 편히 쉴 여관을 찾는 것이 먼저겠지요."

"그렇구나. 여기 있다."

"감사합니다."

남자는 은화를 아이에게 던져 줬고, 넙죽 받아든 아이는 고개를 숙여 사의를 표했다.

발을 돌려 골목을 벗어나던 남자는 잠시 뒤돌아서서 아이를 봤지만, 아이는 어느새 움막 안으로 들어가 있었다. 남자는 고개를 젓고는 여관으로 돌아갔다.

*   *   *

그 뒤로 사흘 동안, 남자는 조심스럽게 아이를 관찰했다. 남자가 자신을 살피는 것을 모르는 아이는 언제나처럼 아침에 일어나 신전에 들렀다가 하루 일과를 시작했다.

시장이나 성문에서 하루 먹을 것을 얻기 위해 일을 찾던 아이는 자신보다 덩치가 큰 아이들에게 두들겨 맞아 완전히 하루를 공치는 날도 있었지만, 그래도 근근이 하루 먹을 것을 얻어 집에 돌아가고 있었다.

아이의 행동을 세세하게 관찰하던 남자는 결정을 내렸다.

"첫째 제자는 저 녀석이다."

"나와 함께 가지 않겠니?"

언제나처럼 하루벌이를 마치고 움막으로 돌아온 아이는 먼저 와 있던 남자의 말에 눈만 껌뻑였다.

“무슨 말이지요?”

“내 제자가 되지 않겠느냐는 말이다.”

아이는 남자의 허리춤에 걸린 칼을 보고는 남자에게 물었다.

“아저씨, 용병이신가요?”

“뭐, 좀 비슷하지.”

남자의 말에 아이는 고개를 저었다.

“하지만 용병은 위험하잖아요.”

“그래도 이곳에서 이렇게 사는 것보다는 낫지. 안 그러냐?”

“내가 칼질 잘할 것 같아 보이나요?”

“흐음……”

아이의 물음에 남자는 아이의 몸을 위아래로 살펴보고는 대답했다.

“훈련해야지. 날 때부터 칼질 잘하는 인간이 어디 있냐?”

“별로 좋은 근골은 아닌가보군요.”

남자의 대답에 아이는 한숨을 쉬며 대답했다. 아이는 혼자만의 생각에 빠져들었고, 남자는 아이의 대답을 기다렸다. 한참의 시간이 지나서 아이는 남자를 쳐다봤다.

“쉽게 살지는 못하겠지요?”

“칼을 들고 하는 일이니까.”

남자의 말에 아이는 고개를 끄덕였다. 결론을 내린 아이의 얼굴에는 미소가 돌아와 있었다.

"아저씨 말이 맞아요. 위험하기는 해도 이렇게 사는 것보다
는 낫겠죠. 따라갈게요."

"그럼 일어서거라."

남자의 말에 자리에서 일어선 아이는 움막 안으로 들어가
구석의 땅을 파고는 안에서 작은 단지를 꺼내 들었다. 단지를
품에 안고 움막을 나온 아이는 남자의 뒤를 따라 걸었다.

뒷골목의 입구에서 뒤를 돌아본 아이는 언제나 움막 앞을
지키고 있던 강아지가 자신의 뒤를 따라오는 것을 보았다.

"아저씨."

"왜?"

"강아지를 데려가도 되나요?"

아이의 말에 남자는 뒤에 따라오는 강아지를 발견했다.

"괜찮다. 단, 저 강아지는 네가 책임져야 한다."

"예, 아저씨."

"이제부터는 스승님이라고 불러라."

"예, 스승님."

*　　　*　　　*

다음 날 아침, 스승으로부터 '보리스'라는 이름을 얻게 된
아이는 여관 주인에게서 얻은 아이 옷을 입고 스승의 뒤를 따
라 여관을 나섰다.

"우선 신전부터 가야겠구나."

보리스의 스승은 보리스를 끌고는 신전으로 향했다. 스승과 보리스가 신전에 들어서자, 살집이 보기 좋게 오른 사제가 그들에게 다가왔다.

"어서 오십시오, 형제들이여. 무슨 어려움이 있나요?"

"이 아이의 신분패가 필요합니다."

"호오? 아이가 태어나면 신전에 와서 기록을 하고 받아가는 것이 신분패입니다. 그런데 신분패가 없다니요?"

"고아입니다."

스승의 말에 사제는 표정을 굳히고는 보리스 옆에 섰다.

"고아를, 그것도 신분패도 없을 정도의 고아를 어찌하려는 것입니까? 이 어린 생명을 사특한 길로 이끌려는 것입니까?"

"그럴 것이라면 정보길드로 갈 일이지요."

스승의 대답에 사제는 보리스의 얼굴을 한참 동안 내려보다가 둘을 이끌고 기록소로 걸어갔다.

"어린 형제의 이름이 어떻게 되오?"

"보리스입니다."

"나이는?"

"11살입니다…… 아마도요."

"후우~."

보리스의 대답에 사제는 한쪽에 펼쳐 진 교구 인명부에 펜으로 보리스의 이름을 적었다.

"보리스. 남자. 율리우스력 570년 출생."

기입을 끝낸 사제는 옆으로 자리를 옮겨 작은 틀 앞에 섰다. 몇 개의 활자를 끼워 넣고 얇은 철판을 올려놓은 사제는 지렛대를 힘껏 아래로 눌렀다.

지렛대를 위로 올린 사제는 보리스의 이름과 출생년도, 출생지가 새겨진 철판을 꺼내 들었다.

철판에 가죽 끈까지 끼워 넣은 사제는 보리스에게 신분패를 걸어주고는 보리스의 머리에 손을 얹었다.

"이 어린 형제의 앞길에 축복을 주시기를."

짧은 기원이 이어지는 동안 사제의 손에서는 희미한 빛이 빛나다가 사라졌다.

"다 되었소, 어린 형제여."

"감사합니다."

"얼마입니까?"

신분패를 목에 건 보리스가 뒤로 물러서자, 스승은 품에서 주머니를 꺼내들며 물었다. 스승의 물음에 사제는 화난 목소리로 대답했다.

"나는 장사치가 아니오! 정히 대가를 주기 원한다면 헌금함에 넣으시오!"

사제의 말에 스승은 헌금함에 큼지막한 금화를 넣고는 사제에게 고개를 숙였다.

"불쌍한 영혼들을 위하시는 그 마음을 잃지 않으신다면 더욱 많은 영혼을 빛의 땅으로 이끄실 것입니다."

스승의 말에 사제는 화를 풀고는 정중히 답했다.

"영혼을 빛의 길로 이끄는 것이 나의 직분이지요. 앞길에 신의 축복이 있으시기를."

*　　　*　　　*

듀넨버그를 떠난 보리스와 스승은 먼 길을 걸었다. 한참을 걸은 두 사람의 눈앞에 커다란 산이 위용을 드러냈다.

"저 산이 바로 화이트헤드 산이다. 너와 내가 살아가야 할 곳이지."

"그렇군요."

"길이 멀다. 어서 가자."

"예."

한눈에 들어오지도 않는 거대한 산세를 보느라 걸음을 멈춘 보리스는 스승의 뒤를 따라 부지런히 걸음을 옮기기 시작했다.

2장
그들은 영웅이 아니다

Hunter
Age

그들은 영웅이 아니다

화이트헤드 산 깊은 곳에는 보리스의 스승이 마련해 둔 통나무 집이 자리를 잡고 있었다.

"우선은 체력을 기르고, 다른 지식을 배우는 것부터 시작하자."

"알겠습니다."

스승의 뜻에 따라 보리스의 하루 일과가 정해졌다.

아침에는 스승으로부터 각종 인문 지식을 배우고, 오후에는 체력 단련을 했다. 스승을 처음 봤을 때 은퇴 용병이라고 생각한 보리스의 생각과는 달리 스승의 지식은 매우 넓고 깊었다.

스승의 지도에 따라 보리스는 글을 배우고 점점 더 많은 지식을 알아갔다.

"너는 이제 한 가지의 호흡법, 한 가지의 검법, 그리고 한 가지의 은신법과 달리는 법, 그리고 보는 법을 배울 것이다."

"알겠습니다."

"매우 힘들 것이다."

"어쩔 수 없는 일이죠."

보리스는 언제나처럼 약간의 미소를 지으며 스승의 말에 대답했다.

다음날부터 보리스는 더욱 일찍 일어나야 했다. 아침에 떠오르는 해를 받으며 보리스는 스승이 가르쳐 준 호흡법을 연습했고, 그 다음엔 달리는 법에 따라 산을 달렸다. 그 후에는 다시 인문학 수업을 받았고, 그 다음에는 은신법과 검법을 수련했다.

"보는 법은 언제 배웁니까?"

"아직은 아니다."

"알겠습니다."

*   *   *

3년째 되는 날 아침, 달리는 법을 수련하기 위해 준비하는 보리스에게 스승이 말했다.

"산 여기저기에 내가 몇 개의 표식을 해두었다. 달리면서 그것을 찾아내라. 오늘은 4개이다. 언제나처럼 아침 먹기 전까지 돌아와라. 만약 4개를 다 못 찾거나, 아침 먹기 전까지 돌아오지 못한다면 아침과 점심은 없다.”

“알겠습니다. 이것이 보는 법을 수련하는 것입니까?”

“아니다. 이것은 좀 더 잘 싸우기 위한 방법이다. 어서 뛰어라.”

“알겠습니다.”

말과 동시에 보리스는 부지런히 달리기 시작했다.

보리스가 숙련될수록 찾아야 할 것의 개수는 점점 늘어났다. 마침내 찾아야 할 표시의 개수가 100개가 되는 날, 보리스는 스승에게 물었다.

“만약에 실패한 제가 중간에 따로 먹을 것을 찾아 먹고 올 거라는 생각은 안 하십니까?”

보리스의 물음에 스승은 미소를 지었다.

“다들 구걸을 하고 있을 때도 할 수 있는 일을 찾아 한 자존심 강한 놈이 너다. 자존심 때문에라도 그런 일은 못하지. 어서 뛰어라.”

‘쳇. 저런 말까지 들었으니 더욱 그럴 수 없군.’

속으로 투덜거리며 보리스는 미친 듯이 내달렸다.

*　　　*　　　*

　6년 동안, 보리스는 매일같이 수련에 수련을 반복했다. 처음부터 배운 기술 외에도 보리스는 궁술과 여러 가지 잡기까지 배워야했다.

　6년째 되는 날 밤, 스승은 보리스를 불러냈다.

　그는 손을 들어 하늘을 가리켰다.

　"저기서 붉은 색 별을 찾아라."

　스승의 말에 보리스는 뚫어져라 하늘을 보기 시작했다.

　"찾았느냐?"

　"아직입니다…… 아! 찾았습니다!"

　"어디에 있느냐?"

　"북쪽 향도성 옆에 작게 빛나고 있습니다."

　"느낌이 어떠하냐?"

　스승의 물음에 보리스는 붉은색의 별을 지긋이 쳐다봤다.

　"약하긴 합니다만, 좋은 느낌은 아닙니다. 어둡고, 역합니다."

　"그 느낌을 더욱 강하고 확실하게 느끼는 수련이 곧 보는 법을 수련하는 것이다."

　"예? 그것은 보는 법이 아니지 않습니까?"

　"보는 법이다. 단지 겉에 드러난 눈이 아니라, 마음의 눈이지. 이제부터 수련법을 알려주겠다. 저 별의 기운과 세상을 이루는 기운들을 보는 법을 수련해야 한다."

　"알겠습니다."

수련이 계속되던 어느 날 아침, 달리는 법을 수련하고 내려온 보리스에게 스승은 한 마리의 토끼를 내밀었다.

"죽여라."

"네?"

"너의 아침과 점심이다. 직접 잡아라."

보리스는 넘겨받은 토끼를 들여다봤다. 바들바들 떠는 토끼의 눈망울을 쳐다보던 보리스의 손에서 힘이 빠져나갔다. 그순간 토끼는 있는 힘껏 달려 숲 속으로 사라졌다.

"오늘 아침과 점심은 없다."

"알겠습니다."

스승에 말에 보리스는 힘없이 대답하고는 스승의 뒤를 따라 걸었다.

다음날, 스승은 다시금 토끼를 내밀었다.

"칼을 주십시오."

"칼은 없다. 알아서 잡아라."

한 손으로 토끼의 귀를 잡은 보리스는 근처에 있던 돌을 집어 들었다. 토끼를 보면서 멈칫거리던 보리스는 크게 심호흡을 하고는 돌을 내려쳤다.

"깨액!"

머리에 돌을 맞은 토끼는 비명을 지르며 버둥거렸다.

보리스는 그런 토끼를 더욱 세게 누르며 몇 번이고 돌을 내려쳤다.

마침내 토끼가 움직임을 멈췄다. 얼굴과 손이 피투성이가 된 보리스는 토끼를 던져 놓고 주저앉아 거친 숨을 몰아쉬었다. 그런 보리스에게 스승이 작은 칼을 내밀었다.

"털을 벗기고 내장을 제거해라."

"알겠습니다."

그날, 보리스는 스승을 따라온 이후 처음으로 웃음을 잃었다.

그날 밤, 보리스는 심하게 가위에 눌렸다. 가위에 눌려 숨조차 제대로 못 쉬던 보리스를 깨운 스승이 어깨를 주무르며 보리스를 안정시켰다.

"네가 배운 호흡법대로 숨을 쉬어라. 크고 깊게 한 모금, 한 모금……."

"후우…… 후우……."

한참의 시간이 지나 보리스가 안정을 찾은 것을 확인한 스승은 그를 침대에 눕히고 이불을 덮어주었다.

"내일 아침 수련은 쉬어도 좋다."

보리스가 피에 익숙해 지자, 스승은 다른 과제를 내주었다.

"사슴 새끼를 잡아와라."

"알겠습니다."

"조건이 있다. 활이나 덫을 쓰지마라. 이 단검만 사용해라."

스승이 내민 가운데 손가락 길이의 단검을 손에 든 보리스는 고개를 숙이고는 산으로 올라갔다. 나흘 후, 보리스는 죽은 새끼 사슴을 어깨에 메고 내려왔다.

"네가 처음으로 노렸던 놈이냐?"

"모르겠습니다. 도망친 놈을 쫓다보니 알 수가 없었습니다."

"그것은 네가 은신을 제대로 하지 못했기 때문이다. 네가 기척을 제대로 지우고 숨었다면 새끼 사슴이 도망갈 일이 없겠지."

"죄송합니다."

"내일 다시 올라가라."

"알겠습니다."

짧은 대화를 끝으로 스승은 새끼 사슴을 굽기 시작했다. 휴식을 취한 보리스는 다음날 다시 산으로 올라갔다.

사흘 만에 사냥에 성공한 보리스는 스승에게 새끼 사슴을 내밀었다.

"한 번에 잡았습니다."

"다음엔 하루 만에 잡아라."

"그것은 무리입니다."

"왜지?"

"사슴은 매우 경계심이 강한 동물입니다. 이놈도 사흘이나 은신한 끝에 잡았습니다."

"기다리는 은신이 아니라 다가가는 은신을 익혀라. 네가 다가가더라도 상대가 눈치를 채지 못하는 것이 진정한 은신이다. 이것이 성공해야만 너는 한 단계 더 올라가는 것이다."

"알겠습니다."

그 뒤로 한 달이 걸려 보리스는 스승이 말한 대로 하루 만에 새끼 사슴을 잡아왔다.

연속으로 두 번에 걸쳐 사냥을 성공하자, 스승은 또 다른 과제를 내밀었다.

"이번엔 어미 사슴을 잡아와라. 단 갓 낳은 새끼가 옆에 있는 어미를 잡아와라."

"예?"

"어린 새끼, 특히나 갓 낳은 새끼를 가진 어미 사슴의 경계 능력은 매우 강하다. 그 능력을 상회하는 은신 능력을 키워라."

"알겠습니다."

다음날 보리스는 다시 산에 올랐다. 두 달 만에 보리스는 스승이 내놓은 과제를 성공시켰다.

*　　*　　*

보리스의 스승은 보리스의 훈련강도를 계속 높였다. 어미 샤벨타이거의 추적을 피하면서, 새끼 샤벨타이거를 보리스가 잡아오자 스승은 고개를 끄덕였다.

"이제 많이 좋아졌구나."

"감사합니다."

"하늘의 붉은 별은 어떠하더냐?"

"두려울 정도로 역겹고 어둡습니다. 잘 보고 싶지도 않습니다."

"그래도 계속 수련을 해야 한다."

"알겠습니다."

보리스의 대답을 들은 스승은 잠시 보리스를 살피다 입을 열었다.

"최종 과제다. 잘 들어라."

"예."

보리스가 자세를 바로하자 스승은 산을 가리켰다.

"이곳 화이트헤드 산에서 북쪽으로 리틀 라운드와 빅 라운드, 두 개의 산을 넘어가면 오크들이 살고 있다. 그곳에 가서 오크들을 지휘하는 우두머리의 새끼를 죽여라."

"예?"

"오크들은 인간들과 비슷한 생활을 하고 있다. 당연히 어린 오크들의 관리가 철저하지. 그중에도 다음 세대의 오크들을 이끌 우두머리 새끼들의 관리는 특히 엄중하다. 넌 그 가운데 가장 강한 새끼를 죽여야 한다. 이번에도 역시 단검만을 써라."

“……..”

스승의 말에 보리스는 침묵을 유지했다. 한참의 침묵 끝에 보리스는 스승에게 물었다.

“꼭 해야만 하는 일입니까?”

“그렇다.”

“무슨 이유에서입니까?”

“네가 무사히 성공해서 돌아온다면 알려주마.”

스승의 말에 보리스는 마음의 결정을 내렸다.

“기한은 얼마입니까?”

“한 달.”

“알겠습니다. 내일 출발하겠습니다.”

“행운을 빈다.”

*　　　*　　　*

일주일에 걸쳐 산을 타고 온 보리스의 눈앞에 스승이 말한 오크들의 군락이 펼쳐 졌다.

족히 300마리는 넘어보이는 오크들이 바글거리는 것을 본 보리스는 한숨을 내쉬었다.

“후우~ 저기로 들어가야 하는 거야? 어디 보자…… 여기까지 오는 데 일주일, 돌아가는 길은 성공을 하든 실패를 하든 편히 가지는 못하니까 열흘 잡고…… 그럼 실행 가능한 기간은 일주일에서 열흘인가?"

손가락을 꼽아가며 계산을 하던 보리스는 머리를 벅벅 긁으며 자리에서 일어섰다.

"우선은 들어가고 보자!"

닷새 뒤. 보리스는 필사적으로 산속을 달리고 있었다. 그 뒤에 온갖 무장을 한 오크들이 보리스를 쫓고 있었다.

"죽여라!!"

"찢어 죽여!!"

파팍!

"젠장!"

잠시 숨을 돌리던 보리스는 주위에 화살이 꽂히자 욕설을 뱉으며 내달리기 시작했다. 바람같이 달리는 보리스 뒤로 한 탄만이 남았다.

"어찌된 오크들이 달릴 때는 콧소리도 안 내냐~ 오크가 오크다워야 오크지~!"

그렇게 달리면서 보리스는 계속 주변의 지형을 살펴 자신의 위치를 확인했다.

"조금만 더 가자. 조금만."

자신의 뒤를 죽어라 쫓아오는 오크 떼들과의 거리를 확인한 보리스는 달리는 속도를 조절했다. 한참을 달리던 보리스는 마침내 원하던 것을 찾게 되었다.

"찾았다!"

"큥?"

"크워어~!"

보리스는 어느새 대여섯 마리 트롤들의 앞에 도착해 있었다.

갑자기 눈앞에 나타난 인간을 보고 고개를 갸웃하던 트롤들은 그 뒤를 따라 몰려오는 수백의 오크들을 보자 온 산이 떠나가라 포효하고는, 몽둥이를 들고 오크들을 향해 달려들었다.

보리스의 뒤를 쫓던 오크들은 트롤이 뛰어오자 급히 멈췄지만, 트롤들은 오크들을 도륙하기 시작했다.

"크워어!"

"크억!"

"끄아악!"

"캐액!!"

"취익! 맞부딪쳐라!"

"쳐라!"

트롤들과 조우한 오크들은 보리스는 잊은 채 사투를 벌였다. 그 사이, 몸을 숨긴 보리스는 조용히 난전의 장소를 벗어났다.

"잘 싸워라."

안전한 장소로 몸을 뺀 보리스는 자신의 흔적을 지우며 조심스럽게 스승의 거처로 걸음을 옮겼다.

“다녀왔습니다.”

있을지 모를 오크들의 추적을 피하기 위해 온갖 고생을 한 보리스는 스승에게 귀환을 알렸다.

“28일만이로구나.”

“그렇습니다.”

“성공했느냐?”

“성공했습니다.”

“쉬어라. 내일 보자꾸나.”

“알겠습니다.”

짧은 대화가 끝나자 보리스는 오두막 근처에 흐르는 시냇가로 향했고, 스승은 자신의 방으로 들어가 미리 준비했던 물건을 정리하기 시작했다.

흐르는 시냇물을 퍼 올려 몸에 묻은 먼지와 오물들을 씻어내며 보리스는 하늘을 쳐다봤다. 언제나처럼 하늘의 붉은 별을 보던 보리스는 한숨을 쉬었다.

“어째서 저 별은 점점 기분이 나빠지는 것이지?”

*　　　*　　　*

다음날 아침, 보리스의 스승은 호흡법 수련을 마친 보리스를 불렀다.

보리스가 의자에 앉자 스승은 찻잔을 내밀었다.

"감사합니다."

"약속대로 네가 왜 그런 수련을 했는지 알려주겠다."

스승의 말에 보리스는 자세를 바로하고 귀를 기울였다.

"너는 네가 배운 무술이 뭐라고 생각하느냐?"

"일종의 암살 기술 같았습니다."

"잘 보았다. 암살술이지."

"그럼 저는 어느 암살 길드에 들어가야 하는 것입니까?"

"그것은 아니다. 너는 암살자이지만 암살자는 아니다."

"무슨 말씀이신지……?"

보리스는 이해가 되지 않자 스승에게 되물었다. 스승은 잠시 목을 축이고 설명을 이었다.

"너는 들어오는 대상을 기다려 암살을 행하는 암살자가 아니다. 돈만 받으면 아무나 죽이는 그런 암살자는 더더욱 아니다…… 넌 헌터다."

"헌터?"

"그렇다. 인귀를 사냥해 죽이는 헌터다."

"인귀란 무엇입니까?"

보리스의 물음에 스승은 약간 난처한 표정을 지었다. 잠시 볼을 긁적이던 스승이 설명을 하기 시작했다.

"흐음…… 조금 설명하기가 난감하구나. 이 인귀란 단어, 특히 귀란 단어는 이곳의 언어가 아니다. 정확히는 사조님만이 아시는 곳에서 흘러온 단어다. 이 귀라는 단어와 비슷한 것은 뭐가 있을까…… 고스트와 데이몬, 이블 등이 비슷하긴 하지만 완전히 같다곤 할 수 없으니…… 대대로 스승님들이 제자들에게 가르칠 때 애를 먹었지. 나의 스승님께서도 역시 그러셨고, 하지만 대충 무엇인지는 알겠지?”

“예.”

스승의 말을 들으며 보리스는 고개를 끄덕였다. 잠시 생각을 정리한 보리스가 스승에게 다시 물었다.

“그럼 인귀란 무엇입니까?”

“사람의 탈을 쓴 귀지.”

“그럼, 전설에 나오는 마족입니까? 그런 것이라면 사제들이 나서야 하는 것이 아닙니까?”

“나도 아직 마족은 본 적이 없다. 네가 사냥해야 할 것은 사람이다. 간단히 말하자면 무지 나쁜 놈들이지만, 쉽게 죽일 수 없는 놈들을 사냥하는 것이 우리 사문의 업이다.”

“잘 모르겠습니다.”

보리스는 여전히 안개 속을 걷는 느낌이었고, 계속해서 머리를 저었다. 스승은 설명을 이어갔다.

“우선 네가 가장 많이 만날 인귀의 예를 들어보자. 너 역시 무술을 배웠으니 쉽게 이해할 거다. 무예의 순서가 어떻게 되느냐?”

“형, 기, 술, 예, 도입니다.”

"맞았다. 우선 형을 배우고 그 형을 종합한 기를 배우지. 그 다음엔 그렇게 배운 기들과 내기를 섞어 쓰는 단계가 술이고, 내기가 자유롭게 무기에 실려 완전을 향해 나아가는 것이 예다. 마지막으로 자신의 정신과 모든 것을 자신의 무예에 실을 수 있는 것이 도다. 이쪽 식으로 말하면 형과 기는 일반적인 기사들, 술은 익스퍼트, 예는 마스터, 도는 그랜드 마스터라고 불릴 수 있을 것이다."

"그렇군요."

"그렇지. 하지만 이런 수련의 과정에서 자신의 발전을 잊고 안주하는 이들과 좀 더 쉬운 방법으로 좋은 결과를 얻으려는 자들 가운데 귀가 나온다. 힘없는 민초들에 비해 조금 강해진 힘에 중독되어 버린 자들이 귀가 되는 것이다. 귀한 생명들을 길가의 돌멩이 취급하거나 하나의 유흥으로만 생각하는 자들 이지."

"……."

스승의 설명을 들으며 보리스는 침묵 속으로 빠져 들었다. 그런 보리스에게 스승의 설명은 계속 이어졌다.

"너도 생명을 취해 보았고, 피를 보았다. 그럴 때 느낌이 어떠했느냐?"

"처음에는 공포를 느꼈습니다. 그 다음에는 혼란을 느꼈습니다. 마지막에는 유혹을 느꼈습니다."

"그렇지. 그래서 네가 호흡법을 배운 것이다. 그 호흡법은

유혹을 이기는 힘을 주니까. 하지만 귀들은 그런 유혹에 넘어
간 이들이다."

"그들은 호흡법을 배우지 못한 것입니까?"

"아니, 그런 유혹을 이기기 위한 여러 수련법을 가진 검가들
도 많다. 하지만 오히려 그런 유혹에 넘어가도록 조장하는 검
가들도 많다. 그러하기에 인귀들이 생기는 것이다."

"그런 인귀를 만드는 검가들을 사냥하면 되는 것입니까?"

"다행히 그런 검가들은 사문의 선대들과 다른 검가들에 의
해 도태되어 버렸다. 문제는 다른 검가들에서 발생하는 인귀
들이다. 이들은 교활하게 자신을 위장하기 때문에 찾아내기가
매우 어렵다. 그래서 피해는 더욱더 커지지."

"어째서입니까? 다른 검가들에게 인귀의 존재를 알리면 되
지 않습니까?"

"네가 산에 들어오기 전에 보았던 귀족들의 대다수가 누구
였더냐?"

"검사들이었…… 그렇군요……! 그럼 제가 배운 모든 것들
은 그런 이들 가운데 나오는 인귀들을 처리하기 위해서였군
요!"

"인귀들은 그런 무인 귀족들에게서만 나오는 것이 아니다.
금력을 가진 이들과 권력을 가진 이들에게서도 나온다. 자신
들이 가진 힘에 중독되어 자신들의 근본이며 진정으로 생각해
야 할 일반 백성들을 티끌로만 여기는 이들이 인귀가 되는 것

이다."

"하지만, 그런 이들이 어디 한둘입니까?"

스승의 설명에 보리스는 비관적인 어조로 반문했다.

"네게 보라고 한 붉은 별을 기억하느냐?"

"예."

"그 별의 이름은 귀성이라고 불린다. 그 별의 밝기가 강해질수록 인귀들이 늘어간다. 너도 그 느낌을 알 것이다."

"그 역겹고 어두운 느낌 말입니까?"

"그렇다. 또한 그 별의 또 다른 이름은 왕조의 별이라고도 한다. 그 별의 밝기가 점점 밝아져 어느 한도를 넘기 시작하면, 세상은 변혁에 빠져 든다. 많은 나라들이 사라지고, 새로운 나라들이 생겨난다. 그래서 혹자는 영웅들의 별이라고도 한다."

"그럼 저는 영웅들을 죽이는 악당이 되어야 하는 것입니까?"

"그들은 영웅이 아니다. 흡혈귀들이다. 힘없는 민초들을 짓밟고 그 피를 마시며 스스로 영웅이라고 부르는 가짜들일뿐이다."

"잘 모르겠습니다. 어찌 들으면 스승님의 말씀은 궤변 같습니다."

"그럴지도 모르지. 하지만, 너도 느꼈듯이 귀성은 한도를 넘었고 이제 바퀴가 돌기 시작할 것이다. 그 바퀴가 제대로 돌기 전에 인귀들을 처리해야 하는 것이 너의 사명이다. 역사의 바퀴가 희망이 아닌 절망으로 물들기 전에 말이다.”

“하지만…….”

“너는 무엇을 바라는 것이냐? 너 같은 고아들이 셀 수도 없이 생겨나고, 모진 세파 속에서 싹도 못 틔우고 죽어가는 것을 바라느냐?”

“아닙니다…….”

보리스의 대답을 끝으로 오두막은 침묵에 빠져 들었다.

“제 실력으로 가능할까요? 이제 겨우 ‘예’의 중간 과정일 뿐입니다. 세상의 평가라면 마스터의 초입일 것입니다.”

“그래서 다른 기술들을 배운 것이 아니더냐? 네가 배운 것을 제대로만 한다면 ‘도’에 오른 이들을 상대해도 성공할 것이다.”

“겨우 짐승들과 오크들을 속였을 뿐입니다만?”

“사람들이 제 아무리 노력해도 자연의 도를 이길 수는 없다. 하지만 너는 자연의 도를 배웠으니 어찌 승산이 없다 하느냐? 세상의 마법사들이나 검사들이 아무리 뛰어나다해도 숲에서 하루를 생존하는 사슴만큼 기척을 빨리 알아챌 것이며 그 사슴을 잡아먹는 샤벨타이거만큼 기척을 숨길 수 있겠느냐? 오크나 트롤, 오거들의 순수한 폭력 앞에서 너만큼 견딜 수 있다고 생각하느냐?”

스승의 말을 다 들은 보리스는 깊은 생각에 빠져 들었다.

“제자가 거부할 길은 없겠지요?”

“지금 거부를 한다면 나는 계속 너를 설득해야 하겠지. 하지만, 그러는 동안에도 인귀는 더욱 많아지고 민초들이 흘려야할 피와 감내할 고통은 늘어갈 것이다.”

“후우~.”

스승의 말에 보리스는 길게 한숨을 내쉬었다.

“우리 사문의 사조는 어떤 분이셨습니까?”

“바다 건너 서 대륙의 분이셨다고 하기도 하고 인세가 아닌 다른 곳에서 오신 분이라고도 하지만, 난 잘 모른다. 스승님이 그 부분에 관해서는 전해 주시지 않으셨다. 500년 전 도망치는 인귀를 쫓아 이곳에 오셨고, 이곳에 넘쳐 나는 인귀들을 보고는 이곳에 터를 잡으셨다고 한다.”

“차라리 법을 배워 법에 호소하는 것이 낫지 않겠습니까?”

“가진 힘으로 법을 가지고 노는 이들이 저들이다. 법이 안 통하니 힘으로 하는 것이지 않느냐?”

“하지만 그 속에서 정의를 위해 노력하는 이들도 많을 것입니다.”

“저 별이 저렇게 자신을 드러낼 정도면, 네가 말한 의인들은 이미 힘을 쓸 수 없을 것이다.”

보리스는 최대한 거부했지만 스승의 대답은 틈을 보이지 않았다.

마침내 보리스는 결정을 내렸다.

“할 수 없군요. 이럴 수도 없고, 저럴 수도 없는 상황이라니…… 스승님께 배운 이후로 저 별의 기운이 견딜 수 없도록 싫으니 제자가 나서야겠지요. 내일 떠나면 되겠습니까?"

보리스가 결정을 내리자, 스승은 작은 나무 상자를 내밀었다. 상자를 받은 보리스가 열어보니 그 안에는 목이 매달린 유령이 그려진 카드가 담겨 있었다.

"이것이 무엇입니까?"

"인귀들을 처리하고는 이 카드들을 남겨라. 상자 안에 100장이 들어있다. 100장이 들은 이유는 보는 법을 제대로 배웠으니 실수를 하지 말라는 소리다. 누구나 없앨 수 있는 인귀는 놔두고, 강대한 귀들만 잡아라. 알겠느냐? 다시 말하지만 신중하게 판단하도록 해라."

"알겠습니다."

보리스가 상자를 품에 넣자, 스승은 찬장에서 술병을 꺼내왔다. 보리스 앞에 술잔을 채운 스승이 잔을 들었다.

"벌써 10년이구나. 내일이면 헤어지니 한 잔 하자꾸나."

"감사합니다."

＊　　　＊　　　＊

다음날 모든 준비를 마친 보리스는 스승에게 작별을 고했다. 떠나기 전, 보리스는 스승에게 물었다.

"이제 무엇을 하실 예정이십니까?"

"나? 뭐 있겠냐? 어디서 쓸 만한 어린 제자 구해다 둘째 제자를 키워야지."

"예?"

보리스가 짧게 묻자, 스승은 미소를 지었다.

"내가 영원히 사는 것도 아닌데 사문은 이어야 할 것 아니냐? 네가 언제 돌아올지 모르는데 말이다."

"그렇군요. 하지만, 사제를 보지 못한다니 조금 섭섭하군요."

"만약, 네가 여기 돌아오기 힘든 상황이라면 좋은 곳에 자리를 잡아 뿌리를 내려라. 제자나 자식이 생긴다면 호흡법만은 전수해도 좋다. 사조로부터 내 사부까지 전해져 온 기록에 의하면 지난 500년간 세상으로 나간 4명의 제자들 모두 그리했다."

"알겠습니다."

대답은 했지만, 보리스의 표정은 좋지 않았다.

"솔직히 걱정입니다. 세상은 너무 넓습니다."

"네가 배운 보는 법이 너를 이끌 것이다. 그리고 세상에 나가면 너를 도울 사람들이 있을 거다. 500년 전에 사조님과 함께 오신 분들의 후예와 이곳에서 인연을 맺은 분들의 후예를 만난다면 너에게 도움이 될 것이다."

"알겠습니다. 건강하십시오."

"조심하거라."

　스승에게 작별의 예를 취한 보리스는 천천히 산을 내려갔다. 보리스가 시야에서 사라지자, 스승은 작게 중얼거렸다.
　"섭섭해 하지 말거라. 너의 일이 시작되면 세상은 너를 저주하고 원망할 지도 모른다. 그럴 때 적어도 너를 기억하고 슬퍼해 줄 사람이 하나는 있어야 하지 않겠느냐?"
　스승의 손에는 보리스의 얼굴이 그려진 작은 액자가 들려 있었다.

3장
처음으로 인귀를 사냥하다

Hunter
Age

처음으로 인귀를 사냥하다

산을 내려온 보리스는 길옆에 자리를 잡고 주머니를 뒤졌다. 그동안 보리스가 잡은 사슴과 샤벨타이거의 가죽을 판 돈이 주머니에 담겨 있었다.

"어떻게 해야 하나?"

돈을 다시 한 번 세어보고 품에 넣은 보리스는 하늘을 쳐다봤다.

"그 망할 기운은 저쪽 어디인데…… 그 어디가 어느 곳이냐가 문제로군."

앞으로의 방향을 고민하던 보리스의 눈에 길을 따라오는 한 무리의 사람들과 마차가 들어왔다. 그들을 본 보리스는 반색하며 손을 흔들었다.

"이봐요~."

                    *   *   *

"정말, 이런 촌놈을 그냥 내보낸 그 스승이란 사람도 대책이
없구만."

"헤헤헤."

길을 멈춘 상단의 책임자와 호위대 대장은 혀를 찼고, 보리
스는 뒤통수를 긁으며 멋쩍게 웃었다.

"사냥꾼이라고?"

"예."

"활은 잘 쏘겠군?"

"당연하죠!"

보리스의 대답을 들은 두 사람은 마차 뒤로 돌아가서 이야
기를 나누었다.

"어떤가?"

"사냥꾼이면 자기 먹을 것은 책임질 수 있겠지요. 그리고 일
이 생겼을 때 궁수로 써먹을 수도 있고 말입니다."

"그런가……."

결정을 내린 책임자는 보리스를 불렀다.

"보리스라고 했지?"

“예.”

“어디까지 가나?”

“아직 정한 곳은 없습니다. 스승님이 세상 좀 보고 오라고 하셨으니까 말이지요.”

“진짜 대책없는 스승이네. 제자가 앙앙거리니까 그냥 내보낸 거야?”

“제 실력이라면 어디 가서 굶지는 않을 거라고 그러시던데요.”

“그 스승에 그 제자로군. 우리는 앞으로 두 개의 도시를 지나 듀넨버그로 갈 예정인데, 같이 가겠나?”

“끼워주신다면 저야 감사하지요.”

“그럼 같이 가세.”

“감사합니다!”

책임자가 허락을 하자, 보리스는 굽실거리며 감사를 표하고는 일행에 합류했다.

보리스가 일행에 합류한 이후로 상단의 사람들과 보리스는 많은 대화를 나누었다.

보리스는 상단 사람들과의 대화를 통해서 그동안의 세상 이야기를 들었다.

하지만 그 대가로 보리스와 스승은 세상물정 모르는 철없는 사냥꾼들로 씹혀야만 했다.

"그러니까 말이지, 아무리 숲에서만 산 사냥꾼이라고는 해도 말이지. 제자가 징징거린다고 그냥 내보내냐고~."

언제나 순진하게 사람 좋은 미소를 지으며 어울리는 보리스를 볼 때마다 상단과 호위대의 사람들은 철없는 스승과 제자라며 혀를 찼다. 그럴 때마다 보리스는 뒤통수를 긁적였다.

"그런데 자네는 듀넨버그에서 태어났는데 어째서 그런 궁벽한 산 속에서 살게 된 것인가?"

"제가 고아여서 말입니다."

"아, 미안하군."

보리스의 신분패를 보게 된 호위대장이 연유를 묻자, 보리스는 웃으며 대답했다.

하지만 호위대장은 웃으며 대답을 했음에도 불구하고 미안한 표정을 지었다.

"아, 괜찮습니다. 오히려 스승님 덕분에 고생은 많이 줄었으니까요. 도시에서 고아들의 삶이 어떤지는 잘 아시지 않습니까?"

"그런가?"

보리스의 대답에 호위대장이 고개를 끄덕였다.

"그럼, 자네 스승은 그 산에 혼자 계신건가?"

"아, 제가 떠날 때 제자를 하나 더 얻을 거라고 그러셨으니까 조만간 식구 수는 좀 늘겠지요. 그리고 늙긴 했어도 개도 한 마리 있구요."

“스승이 꽤 정정하신가 보지?”

“힘이 넘치시죠.”

보리스의 대답을 들은 호위대장은 신분패를 돌려주고 손짓을 했다.

“가보게.”

“알겠습니다.”

보리스가 자리로 돌아오자 많이 친근해진 상단 사람들이 농을 걸었다.

“어이, 보리스!”

“예?”

“자네 사냥꾼이랬지?”

“예.”

“그런데 언제까지 건량만 먹고 살 거야?”

그 말이 튀어나오자 보리스는 미소를 지으며 되물었다.

“오늘 밤은 어디서 묵을 것입니까?”

“잠깐만.”

보리스의 대답을 들은 호위병 하나가 부리나케 앞으로 달려갔다. 호위대장과 대화를 나눈 호위병은 곧 돌아와 보리스에게 손짓을 했다.

“저 고개를 넘어가면 중간에 공터가 하나 나오거든? 거기서 1박할 거야.”

“알겠습니다. 그럼 거기서 뵙겠습니다.”

대답을 한 보리스는 곧장 활을 챙겨 들고는 숲으로 달려갔다.

"큰 놈으로 잡아와! 여기 사람들만 마흔이야!"

사람들의 외침을 들은 보리스는 한쪽 팔을 들어 화답하고는 곧 숲으로 모습을 감추었다. 그 모습을 본 사람들은 내기를 하기 시작했다.

"우리 내기하자!"

"뭘?"

"겨우 하루야. 그 하루 동안에 저 친구가 사냥에 성공하느냐 마느냐를 가지고 내기하자고."

"토끼 한 마리 잡아오는 것도 성공으로 쳐주는 겨?"

"아까 누가 외쳤지? 사람 수만 마흔이야. 그거에 맞춰 오느냐 못 맞춰 오느냐가 문제지."

"흐음……."

"좋아, 내기하자!"

"난 성공에 10실버!"

"난 실패에 20실버!"

사람들은 지위 고하를 막론하고 내기에 참여했다. 그 모습을 본 상단책임자는 혀를 찼지만, 호위대장은 피식 웃으며 동전을 꺼내 들었다.

"우리도 할까요?"

　　　　　*　　　　　*　　　　　*

　해가 질 무렵, 노숙지로 정한 공터에 도착한 상단은 부지런히 캠프를 차렸다.

　천막을 치네, 불을 피우네 하면서 바쁜 가운데도 사람들의 눈과 귀는 모두 길 한쪽으로 향하고 있었다. 저녁 준비를 하면서도 사람들의 의견은 계속 나뉘어 있었다.

　“이거 조금만 먹어야 하는 거 아냐?”

　“보나마나 실패할 거야. 밤새 배고파서 고생하기는 싫으니 제대로 먹어야지.”

　“만약 성공해 온다면?”

　“야야, 머리수만 40명이다. 어지간한 놈으로는 기별도 안 가.”

　그렇게 사람들이 설왕설래하는 동안 보리스가 나타났다. 빈손으로 나타난 보리스를 본 사람들 사이로 일희일비의 대화가 오고갔다.

　“빈손이다!”

　“아이고!”

　“젠장.”

　그런 사람들의 대화는 보리스의 말이 나오자마자 역전되었다.

　“몇 분 도와주실래요? 혼자 들고 오기엔 큰 놈이라서 말입니다."

"지화자!"

"내 돈 내놔!"

"실물을 보기 전에는 못 줘!"

그런 가운데 보리스의 뒤를 따라 수레까지 끌고 네 사람이 길을 나섰다. 30분 후, 수레에 커다란 멧돼지가 실려오자 사람들은 만세를 불렀다.

"파티다!"

"젠장! 먹고 죽자!"

멧돼지 파티가 열리는 가운데 호위대장은 보리스를 불러 이야기를 나누었다.

"이 근처에 저렇게 큰 놈이 있었나?"

"아니요."

"그럼?"

"저 숲 안쪽에서 잡은 놈입니다."

"그것 치고는 싣고 오는데 시간이 얼마 안 걸렸군."

"그거요? 우선 다리를 맞춰서 빨리 못 달리게 한 다음, 제 뒤를 쫓아오게 만든 거죠. 멧돼지 성질 아시지 않습니까? 열 받으면 물불 안 가린다는 거. 이리로 쫓아오면서 지치게 만든 다음에 한 발로 잡은 거지요."

"그렇군. 앞으로도 종종 부탁함세."

"맡겨만 주세요."

보리스는 예의 그 사람 좋은 미소를 짓고는 멧돼지 통구이
가 구워지고 있는 곳으로 달려갔다.

"잡아온 사람만 빼놓고 먹기가 어디 있습니까!"

그 뒤로도 자주 보리스는 사냥을 해 왔다.

보리스가 사냥을 하기 위해 숲으로 사라지는 것을 본 호위
대장은 상단책임자를 보면서 보리스에 대한 평가를 내렸다.

"확실히 사냥꾼이군요. 특히 활 다루는 솜씨가 일품입니
다."

"그럼 이제 안심을 해도 되겠소?"

"예. 사냥꾼으로 위장한 것이 아니라 진짜 사냥꾼인 이상,
우리가 이상한 일에 연관될 일은 없을 것 같습니다."

호위대장의 결정을 들은 책임자는 안도의 표정을 지었다.

"모레면 도시에 들어가는데 안심을 해도 되겠군. 그건 그렇
고 말이오. 사냥꾼들이 다 저렇게 몸이 날래오?"

"산이나 숲을 돌아다니는 일이니 날래지요. 저도 옛말이 틀
리지 않았음을 확인했습니다. '진짜 사냥꾼이 숨으면, 마법사
도 찾지 못한다.' 는 속담 말입니다. 숲으로 들어가기만 하면
진짜 찾을 수가 없군요."

호위대장의 말에 상단책임자는 고개를 끄떡이고는 행렬을
재촉했다.

"빨리 가자. 늦기 전에 쉴 곳을 찾아야 한다!"

　　　　　　*　　　　　*　　　　　*

　이틀 후, 상단 일행은 커다란 도시를 마주하게 되었다. 상단 사람들이 도시에 들어갈 준비를 하느라 바쁜 가운데 호위대장이 보리스를 불렀다.

　"자네, 어디 갈 곳은 정해 놓았나?"

　"아직 아닙니다."

　"그럼 우리와 같이 듀넨버그까지 가지 않겠나?"

　"글쎄요……."

　"우리는 이 도시에서 이틀간 머무를 생각이네. 잘 생각해보게."

　"감사합니다."

　호위대장의 권유에 보리스는 감사를 표하고는 자신의 짐을 챙겼다. 그 모습을 본 호위병 하나가 보리스에게 충고했다.

　"들어가면 당장 용병길드에 등록을 해. 일없이 돌아다니는 사냥꾼은 이상하게 보는 법이지만, 일자리 찾아 돌아다니는 용병은 그냥 넘어가거든. 무기를 들고 다니기도 편해. 그리고 기회가 된다면 마한 백작가의 영지로 가보게. 좋은 경험이 될 거야."

　"그렇군요! 감사합니다!"

　"잘 가게!"

보리스를 떠나 보낸 호위병은 묘한 미소를 지으며 돌아섰다.

"흐음, 언젠가 다시 만나겠지. 저 피의 별이 밝게 떠있는 한……."

도시로 들어온 보리스는 당장 용병길드로 들어섰다.

"무슨 일로 왔소?"

"용병으로 등록하고 싶습니다."

"허어?"

보리스의 말을 들은 접수직원은 흐릿한 눈으로 그를 위아래로 살폈다.

"몇 살이냐?"

"21살입니다만……."

"번듯해 보이는 놈이 뭐 할 게 없어서……."

"이봐! 막장까지 굴러들어온 놈들 중에 사연없는 놈들 있어? 그냥 등록시키지 뭔 말이 많아!"

접수직원이 불평을 늘어놓자 옆에 앉아 있던 용병 하나가 고함을 쳤다. 그러자 접수직원은 어깨를 으쓱하고는 펜을 들었다.

"용병 일을 자청하는 놈치고 사연없는 놈은 없지. 자네 사연이 뭔지 모르겠지만, 등록을 원하니 시켜주지. 잘 쓰는 무기가 뭐야?"

"활입니다."

"활? 따라오게."

보리스를 끌고 뒤뜰로 나간 접수직원은 멀리 있는 과녁을 가리켰다.

"저것을 맞춰보게."

그의 말에 보리스는 말없이 활을 들어 시위를 당겼다. 보리스가 쏜 화살은 과녁의 정중앙을 관통했고, 접수직원은 고개를 끄덕였다.

"사이비는 아니군."

다시 사무실로 돌아온 접수직원은 작업을 진행했다.

"이름은?"

"보리스."

"성은 없고?"

"예."

접수직원은 서류 작업을 끝내고는 옆에 있는 이에게 넘겼다. 곧이어 작은 철판이 책상 위에 올려졌다.

"등록비 1골드."

보리스는 금화 하나를 테이블 위에 내려놓고 접수직원이 건네준 용병패를 살폈다. 신분패와 같은 크기의 철판에는 보리스의 이름과 나이, 병종과 등록한 도시의 이름이 찍혀 있었다.

"잘 간수해라. 잘못하면 남이 한 짓을 네가 뒤집어 쓸 수 있다."

"알겠습니다."

"어디 정해둔 용병단이라도 있냐?"

"아직 없습니다만."

"그럼 잘 봐서 좋은 용병단에 들어가라. 그래야 제값을 받을 수 있을 거다. 혼자서 떠돌아다니면 일에 비해 돈도 못 벌고 개죽음 당하기 십상이야. 저쪽 벽에 이 근방에서 잘 나가는 용병단의 모집 광고가 붙어 있으니 보고 가라. 글은 읽을 수 있지?"

"예."

일을 끝낸 보리스는 용병길드를 나왔다.

근처의 여관을 정한 보리스는 침대에 몸을 뉘었다.

"어디로 가지?"

보리스는 천장을 보며 중얼거렸다. 그런 그의 뇌리에 낮에 헤어진 호위병이 했던 말이 떠올랐다.

"마한 백작령이라……."

잠시 뒤척이던 보리스는 곧장 밑으로 내려가 주인을 찾았다.

"여기서 마한 백작령이 어느 쪽입니까?"

"북서쪽일세."

주인의 말을 들은 보리스는 북서쪽 방향을 바라봤다.

"밤이 되어야 확실히 알겠군."

그날 밤.

여관 지붕에 올라간 보리스는 북서쪽 하늘을 쳐다봤다. 한참 동안 하늘을 보던 보리스는 지붕에서 내려오며 중얼거렸다.

"우연일까?"

다음 날, 보리스는 짐을 챙겨 마한 백작령을 찾아 길을 떠났다.

*   *   *

한 달에 걸친 긴 여행 끝에 마한 백작령에 도착한 보리스는 마한 백작 일가가 살고 있는 나르비스를 찾았다.

나르비스에서 여관을 잡은 보리스는 일거리를 찾는 듯이 연극을 하면서 조용히 탐문을 하기 시작했다.

탐문 이틀 째, 아침 일찍 시장에 나온 보리스는 사람들이 웅성거리며 모인 곳을 발견하고는 걸음을 옮겼다.

"무슨 일인가요?"

한 남자에게 묻자, 남자는 침과 욕설을 뱉으며 대답했다.

"어느 빌어먹을 놈이 칼질을 했어! 요즘 들어 벌써 몇 번째야!"

"염병에 죽을 놈!"

사람들은 너나 할 것 없이 욕을 해댔고, 그런 사람들을 헤치고 앞으로 나간 보리스는 처참한 형상의 시체를 발견했다.

"우욱!"

"토하려면 저쪽에 가서 토하게!"

"괜찮습니다."

억지로 구토를 참은 보리스는 파랗게 질린 얼굴로 시체들을 살폈다.

"누군지 몰라도 작심하고 칼질을 해댔군."

"이봐. 옷을 봐. 저런 비렁뱅이들에게 원한 가질 사람들이 누가 있어?"

"서쪽 빈민가 사람 같지?"

"거기 사람들 법없이도 살 사람들이잖아? 그런 사람들이 왜?"

"그렇지. 법없이도 살 사람들이지. 돈도 없으니까."

"이보게. 큰일 날 소리하네 그려."

"틀린 말했나? 법이 언제 우리 편이었나? 돈 편이었지."

"그러니까 그 말이 왜 여기서 나오냐고?"

"그럼 안 나오겠나? 좀 있는 사람들이 이 꼴 나 봐. 당장 치안대며 백작가에서 가만있겠어? 지난 5년 동안 이게 몇 번이야. 그런데도 시체나 갖다 묻을 뿐 아무런 소식도 없지 않느냔 말일세!"

"조용히 하라니까!!"

어느새 말다툼으로 번진 주변 상황을 무시하고 시체들을 살핀 보리스는 조용히 뒤로 빠져나왔다. 그리고 구석으로 몸을 숨긴 보리스는 주변을 살폈다.

"그냥 아무렇게나 한 칼질이 아니다. 상당한 수준의 검법을 제대로 배운 놈이다……."

조심스럽게 주변을 살피던 보리스는 결론을 내렸다.

"혼자 한 짓이 아니다. 끄나풀이 있다."

보리스는 골목에서 나와 시장 거리를 걸었다. 근처 가판에서 산 주전부리를 입에 문 한가한 모습이었지만, 그의 눈은 끊임없이 주변을 살피고 있었다.

그날 밤, 여관 지붕에 올라간 보리스는 하늘을 올려다보았다. 한참 동안 하늘을 본 보리스는 눈을 감고 기운을 느꼈다.

"있다. 그것도 토하고 싶을 정도로 역겨운 놈이……."

＊　　　＊　　　＊

인귀가 있음을 느낀 보리스는 그날부터 조용히 도시를 살피기 시작했다.

보리스는 가장 큰 빈민가인 서쪽 성벽 아래를 중점적으로 살피기 시작했다. 그렇게 잠복을 시작한 지 나흘 째 되던 밤, 보리스는 자신이 제일 싫어하는 기운을 느끼게 되었다.

기운이 느껴지는 방향을 찾은 보리스는 지붕을 타고 달렸다.

한참 지붕과 골목을 타고 도착한 곳에서는 이미 일단의 남자들이 골목으로 흩어지고 있었고, 남자들이 타고 왔던 것으로 생각되는 마차 소리가 조금씩 멀어져 가고 있었다.

“늦었나? 쳇!”

다급해진 보리스는 혀를 차고는 흩어지는 남자들 가운데 가장 가까이에 있는 남자에게 덤벼들었다.

“누……..”

퍽!

“끄윽……..”

난데없이 머리 위로 떨어지는 그림자를 보고 남자는 크게 외치려 했지만, 그전에 뒤통수를 맞고는 의식을 잃었다.

그를 제압한 보리스는 주변을 살피고 외진 곳으로 남자를 끌고 갔다. 아무도 살지 않는 폐가 안으로 남자를 끌고 들어간 보리스는 그를 깨웠다.

“일어나지?”

툭툭.

“으응……..”

신음과 함께 눈을 뜬 남자는 앞에 버티고 선 보리스를 보고는 기겁하며 도망치려 했다. 하지만 이미 보리스에 의해 몸이 묶여 있었고 입에는 재갈이 물린 남자는 운신을 할 수가 없었다.

버둥거리는 남자를 본 보리스는 비릿하게 웃었고, 그의 웃음을 본 남자는 얼굴이 하얗게 질렸다.

보리스는 남자를 자근자근 두들겨 패기 시작했다.

사흘 뒤, 보리스는 예의 장소에 몸을 숨기고 있었다.

고단한 하루를 끝낸 빈민들이 잠에 빠져 든 늦은 밤, 한 대의 마차가 그곳에 모습을 드러냈다.

마차가 멈추고 마차를 끄는 말의 가벼운 투레질 소리 속에 복면을 한 남자들이 하나둘 모여들었다. 남자들이 모여들자, 마차에서 왜소한 몸집의 남자가 역시 복면을 하고 모습을 드러냈다.

"한 명이 안 보이는군."

"어디 여행이라도 갔나 보지."

"여행?"

"예쁜 여자만 보면 챙겨서 여행이나 갈 거라고 주문을 외우던 녀석이니까."

"킥킥킥!"

누군가의 농에 남자들 사이로 작은 웃음소리가 퍼져 나갔다.

"쉿! 너무 크게 떠들지 마라. 오늘 할당량은 10명이다. 그중 가족으로 한 4명 정도 잡아라."

"이런, 중노동이겠는데?"

"두당 20골드씩 주지. 10명이니까 200골드다."

"휘유~."

마차에서 내린 남자가 내건 조건에 복면 남자들은 작게 휘파람을 불고는 탐욕의 눈빛을 보였다. 그 순간 그들의 뒤에서 보리스의 목소리가 들려왔다.

"200골드라 대단하군. 그럼 네놈들을 잡으면 얼마나 나올까?"

"누구냐!"

남자들은 기겁하며 몸을 돌렸다. 몇몇은 품에서 단검까지 꺼내들고 목소리가 들린 방향을 노려보았다.

어둠 속에서 보리스가 그들을 노리고 튀어나왔고, 어둠에서 튀어나온 보리스를 잡기 위해 남자들은 그에게 덤벼들었다.

"잡아!"

"이야!"

피슉!

"끄윽!"

피윳!

"컥!"

제일 앞장서 달려드는 둘에게 단검을 날려 죽인 보리스는 남자들 속으로 뛰어들어 단검을 휘두르기 시작했다. 그가 휘두르는 단검이 바람 소리를 낼 때마다 남자들은 짧은 비명을 지르며 땅에 쓰러졌다.

빠각! 우득!

마지막으로 등을 보이며 달아나려던 남자의 다리와 목을 부러뜨린 보리스는 마차에 오르려던 남자의 목에 단검을 겨누고는 비릿한 미소를 지었다.

“우리 잠깐 이야기 좀 할까?”

“무슨 이야기를…….”

떨리는 목소리로 남자가 되묻자, 보리스는 그의 품속을 뒤졌다. 묵직한 주머니를 꺼낸 보리스는 주머니를 던졌다 받으며 입을 열었다.

“이 묵직한 주머니를 내준 망할 종자에 관한 이야기.”

“난 모른다!”

“그러서? 한스는 잘 알거라고 그러던데?”

“한스가 누구냐?”

“여행 간 친구.”

“히익!”

어느새 복면이 벗겨진 남자의 얼굴은 새파랗게 질려 있었다.

*　　　*　　　*

따그닥. 따그닥.

어두운 밤길을 한 대의 마차가 지나고 있다. 마부석에는 보리스와 좀 전의 그 남자가 타고 있었다.

마차는 백작의 대저택에서 멀리 떨어진 집으로 향했다. 마차에서 내린 남자는 대문을 열고 마차를 안으로 몰고 들어갔다.

마차는 뒷문 앞에 멈춰 섰고, 남자는 뒷문을 두들겼다.

"누구냐?"

"페터다."

달칵!

"오늘은 좀 이르……."

쾅!

"쿠억!"

뒷문을 열던 남자는 보리스가 걷어찬 남자와 함께 한쪽으로 굴러갔고, 보리스는 재빨리 집 안으로 뛰어들어 갔다.

넓은 실내에는 덩치를 자랑하는 5명의 남자가 미처 상황 파악을 하지 못한 채 멍하게 서 있었고, 보리스는 그들이 정신을 차리기 전에 칼을 휘둘렀다.

"크악!"

챙!

"아악!"

"큭!"

피웃!

"껵!"

순식간에 다섯의 목숨을 취한 보리스는 문을 열어주다 정신을 잃은 남자까지 확인 사살을 하고는 마차를 몰던 남자를 발로 건드렸다.

"일어나."

"살려만 주십쇼."

"우선은 일어나."

보리스의 말에 남자는 엉거주춤 자리에서 일어났다.

"아까 말한 비밀 통로로 안내해."

남자는 뒤따르는 보리스를 계속 뒤돌아보며 지하실로 내려
갔다. 지하실 바닥에 깔린 낡은 카펫을 치운 남자가 한쪽에 달
린 고리를 당기자 비밀 계단이 드러났다.

"이곳입니다."

"이곳이 확실한 거야?"

"그렇습니다. 이 계단을 내려가 통로를 따라가시면 마한 백
작가 공자님이 계시는 저택 지하 밀실로 연결됩니다."

피육!

계단을 확인한 보리스는 말없이 남자의 목에 단검을 휘둘렀
다.

남자는 피가 분수처럼 솟구치는 목을 움켜쥐며 바닥에 쓰러
졌다. 보리스는 위에서 횃불을 가지고 내려와 비밀 계단을 내
려갔다.

긴 지하통로를 걷자, 또 하나의 문이 나타났다. 문이 가까워
질수록 보리스의 표정은 점점 굳어졌다.

'이 느낌은! 이 안에 있다!'

끼이익.

천천히 문이 열리면서 환하게 빛이 새어 나왔고, 안에서 젊은 남자의 목소리가 들려왔다.

"이번에는 좀 빨랐군."

실내로 들어선 보리스의 눈에 등을 돌리며 자신을 바라보는 금발의 젊은이가 보였다.

"너는 누구냐!"

"그러는 너는 누구지?"

보리스가 되묻자 젊은 청년의 눈빛이 사납게 변했다.

"건방지군. 난 마한 백작의 장남 빅토르다. 다시 묻겠다. 너는 누구냐?"

"사냥꾼."

"사냥꾼?"

"그래. 5년 전부터 발생하는 살인 사건의 범인이 너지?"

보리스의 물음에 빅토르는 옆에 있던 장검을 뽑아 들고 되물었다.

"그렇다면?"

"사냥해야지. 넌 인간의 탈을 쓴 짐승이니까. 해를 끼치는 짐승은 잡아 없애야 하지 않겠어?"

"가소롭군."

코웃음을 치는 빅토르의 장검에서 검기가 뿜어져 나오기 시작했다.

"난 이미 마스터에 근접한 기사다. 너 같은 사냥꾼이 나를 잡을 수 있을까?"

"글쎄?"

양손에 단검을 움켜쥔 보리스는 짧게 응수를 하고는 빅토르에게 달려들었다.

빅토르는 재빨리 옆으로 몸을 움직이며 장검을 찔렀고, 보리스는 그 검을 옆으로 흘리며 빅토르의 품안으로 파고들었다.

"헉!"

품안으로 파고든 보리스가 아래에서 위로 단검을 휘두르자, 빅토르는 짧은 비명과 함께 몸을 뒤로 뺐다.

하지만 보리스의 단검은 그의 얼굴에 커다란 흉터를 만들었다.

"크악!"

얼굴에서 흐르는 피를 닦을 생각도 못한 채 빅토르는 보리스에게 검을 휘둘렀지만, 보리스는 그의 공격을 피하며 빅토르의 상처를 늘려갔다.

"어째 이런 일이……."

싸움이 이어질수록 빅토르는 미칠 것만 같았다. 분명히 적은 눈앞에 있었지만 적의 기를 느낄 수가 없었다. 적은 자신의 공격을 미리 알고 피하고 있었다.

'놓치면 죽는다! 살을 주고 뼈를 얻는다!'

빅토르는 오로지 공격만을 생각하며 검을 휘둘렀다.

적을 밀실의 구석으로 몰았다고 느낀 빅토르는 회심의 일격을 가했다.

"끝이! 크악!"

하지만 그곳에 보리스는 없었고, 빅토르는 무릎 뒤쪽을 타고 오르는 고통에 비명을 질렀다.

무릎 관절이 베인 빅토르는 검으로 견제를 하면서 벽에 몸을 기댔다. 하지만 보리스는 빅토르의 견제를 피하며 다시 그의 품안으로 파고들었다.

보리스와 빅토르의 얼굴이 거의 닿을 정도로 가까워졌을 때, 보리스의 양손에 들려 있던 단검들은 빅토르의 양 어깨에 닿아 있었다.

보리스는 빅토르에게 비릿한 미소를 지어주고는 단검들을 아래로 휘둘렀다.

"끄아아~!"

양팔이 잘려 나간 빅토르가 고통에 가득 차 비명을 지르는 동안, 보리스는 밀실 안을 살폈다.

보리스와 빅토르가 있는 밀실의 사방에는 다른 방으로 들어가는 방문들이 달려 있었다.

밀실과 연결된 또 다른 방들의 문을 연 보리스는 그 안을 훑어보고는 조심스럽게 문을 닫았다. 빅토르가 비명을 지르는 밀실로 돌아온 보리스는 책상 위에 놓여 있는 노트와 묵직한 주머니를 발견했다.

주머니를 열어 내용물을 확인한 보리스는 그것을 품안에 넣고 노트를 손에 들었다. 노트를 펼치자 그곳에는 자세한 그림과 함께 많은 기록들이 적혀 있었다.

"검상을 입은 부위에 따른 사망 시간의 변화……. 자식과 같은 중대한 가치를 가진 이들을 보호할 때 인간은 어느 정도의 전투력을 가지는가? 성별과 연령대별 차이……."

노트를 읽어나가던 보리스는 빅토르에게 물었다.

"이것 때문에 그렇게 죽였던 것이냐?"

"그, 그렇다."

"넌 사람의 목숨이 뭐라고 생각하는 거냐?"

"사람의 목숨이 다 같다고 생각하는 거냐? 그들은 죽어도 누구 하나 아쉬워할 이가 없는 벌레 같은 놈들이다. 구걸이나 하고 하루 벌어 하루 사는, 있어도 그만, 없어도 그만인 존재들이란 말이다!"

"그러는 너는 귀한 목숨이고?"

"당연하다……. 크윽! 이 나라는 나 같은 인재들이 만들어나가는 것이란 말이다."

"염병한다."

짧게 대답한 보리스는 한쪽 벽 구석에 걸린 거울을 떼어서는 자신이 앉은 의자에 기대 세웠다.

양팔이 잘려 나가고 무릎의 관절과 근육이 잘려 바닥에 쓰러져 있는 빅토르가 스스로 자신의 모습을 볼 수 있게 거울을 조절한 보리스는 그를 불렀다.

"내가 처음 너를 보았을 때, 너는 말 그대로 오만한 귀족의 미소를 보여주었지. 지금은 저 밀실들에서 죽어나간 이들과 같은 공포와 원망의 표정을 보여주는구나. 재미있지 않아? 네가 그렇게 같잖게 여기던 이들이나 너나 같은 표정을 지을 수 있다는 것 말이야."

"억, 억울해……."

과다 출혈로 점점 생명의 기운을 잃어가면서도 빅토르는 자신의 억울함을 주장했다. 하지만 보리스는 그의 말을 부정했다.

"억울하다고? 억울한 것은 운이 없어 가난하게 살아야 했던 이들이야. 자신들에게 살아갈 힘과 희망을 줘야 할 잘난 귀족들에게서 벌레 취급을 받고 나중에는 목숨까지 빼앗겨야 했던 저 밀실 안에 버려진 이들이 억울한 이들이란 말이다."

"나는…… 나는……."

무엇인가를 항변하려 했던 빅토르는 과다 출혈로 인한 경련 끝에 숨을 멈추고 말았다.

빅토르의 죽음을 확인한 보리스는 자리에서 일어나 그에게 걸어갔다. 그리고는 품에서 한 장의 카드를 꺼내 빅토르의 몸 위로 던졌다.

백작 저택에서 밀실로 들어오는 문들을 모두 열어놓은 보리

스는 처음 들어왔던 통로로 나서면서 죽은 빅토르에게 최후의
한마디를 건넸다.
　"너는 인귀야. 그것도 아주 역겨운."

4장
인귀, 소녀, 몰이꾼

Hunter
Age

인귀, 소녀, 몰이꾼

　죽어! 죽어!

　사방이 피처럼 붉은 공간 속에서 빅토르가 다가왔다. 끊임없이 검을 휘둘렀지만 쓰러뜨렸다고 생각했던 빅토르는 어느새 점점 더 가까운 곳에서 보리스를 향해 걸어오고 있었다.

　죽어! 죽어!

　'죽어' 라는 소리는 점점 커져만 갔고, 보리스가 휘두르는 칼에 상처를 입으면서도 빅토르는 점점 더 가까이 걸어왔다.

　그리고 코앞까지 다가온 빅토르의 얼굴은 어느새 보리스 자신으로 바뀌어 차가운 미소를 지으며 칼을 박아 넣고 있었다.

“아악!”

커다란 비명과 함께 보리스는 눈을 부릅떴다. 침대의 시트와 입고 있던 옷은 땀으로 흠뻑 젖어 있었다.

보리스는 커다랗게 심호흡을 하면서 거칠게 뛰는 가슴을 진정시켜 갔다.

“닷새째인가…….”

호흡을 안정시킨 보리스는 씁쓸한 표정을 감추지 못했다. 첫 인귀였던 빅토르를 죽인 다음 밤마다 악몽에 시달리고 있었다.

꿈속에서 빅토르는 계속해서 보리스에게 덤벼들었고, 매번 마지막에는 보리스 자신과 빅토르가 바뀌었다. 꿈은 그렇게 바뀐 보리스에 의해 자신이 죽는 것으로 끝이 났다.

악몽에서 깰 때마다 보리스는 필사적으로 스승이 알려준 호흡법을 되풀이했다. 그는 침대에서 일어나 바닥에 앉아 조용히 숨을 고르기 시작했다.

한참 동안 무의식의 상태를 지나 거칠어졌던 호흡은 점점 차분하게 가라앉아 갔다. 호흡이 정상으로 돌아가자, 보리스는 천천히 감았던 눈을 떴다. 자리에서 일어난 그는 창문을 열었다.

창틀에 몸을 기댄 보리스는 아직도 깜깜한 밤하늘을 향했다. 북쪽 향도성 옆에서 여전히 붉은 빛을 발하는 별을 본 보리스는 이를 갈았다.

“빌어먹을……”

신경질적으로 창을 닫은 보리스는 침대에 도로 몸을 뉘었다.

*　　　*　　　*

다음날. 여관에서 아침을 먹은 보리스는 천천히 길을 나섰다.

“어느 쪽으로 가야하지? 사방에서 기운이 느껴지니……”

여관을 나섰지만 목적지가 정해지지 않은 보리스는 멍하니 걸음을 옮겼다. 사람들이 바쁘게 오가는 시장 통에 들어선 보리스는 여전히 멍한 표정이었다.

“이봐! 눈도 멀쩡한 녀석이 눈 먼 녀석처럼 왜 그리 헤매고 다니는 거냐!”

난데없는 호통에 보리스는 걸음을 멈추고 소리가 들린 곳으로 시선을 돌렸다.

그곳에는 검은 로브를 뒤집어 쓴 점쟁이가 수정 구슬이 놓인 테이블을 앞에 놓고 앉아 있었다. 잠시 점쟁이를 바라보던 보리스가 걸음을 옮기려 하자, 점쟁이가 다시 호통을 쳤다.

“어디를 가려는 거냐! 이 멍청아!”

“나보고 그런 거요?”

“그럼. 여기서 너 말고 누가 어벙하게 헤매고 다니냐!”

　점쟁이의 호통이 다시 이어졌고, 보리스는 점쟁이 앞으로 걸어갔다.

　"이보쇼, 노인장. 내가 왜 어벙하다고 하는 거요?"

　"그럼, 지금 네 꼬락서니가 어벙하지 않다는 거냐?"

　"허어……."

　점쟁이 노인이 계속해서 호통을 치자, 보리스는 어이없다는 표정을 지었다.

　하지만 점쟁이 노인은 수정 구슬을 한 번 쓱 쓰다듬고는 입을 열었다.

　"할 일이 산더미인 녀석이 갈 곳을 몰라 소경처럼 헤매고 있으니…… 에잉!"

　노인의 말에 보리스의 얼굴 표정이 순식간에 굳어졌다.

　"할 일이 많다고 하셨소?"

　"점괘에 그렇게 나와!"

　점쟁이 노인은 보리스의 물음에 짧고 강하게 대답했다.

　노인의 대답을 들은 보리스는 테이블 앞에 놓인 의자에 앉았다.

　"그럼 어떻게 해야 하오?"

　"잡념을 버려!"

　"예?"

　"딱 보니까 사람 피건 짐승 피건 피칠갑을 하고 살 점괘야! 그런 놈이 뭔 잡념이 그리도 많아? 사냥감이니까 사냥하는 거고, 죽일 놈이니까 죽이는 거잖아? 그거 외에 중요한 것 있어?"

노인의 말에 보리스는 팔짱을 끼고 생각에 잠겨 들었다. 잠시 여러 생각을 하던 보리스는 미소를 지었다.

"노인장 말이 맞소. 할 일을 하는 것이니까……. 그럼 이제부터 어디로 가면 좋겠소?"

보리스의 물음에 점쟁이 노인은 수정구를 쓰다듬으며 작게 주문을 외웠다. 그렇게 주문을 외우던 점쟁이 노인이 손을 들어 한 방향을 가리켰다.

"사방이 사냥감이고 일감인데 뭐가 문제야? 하지만, 우선 남쪽으로 가 봐."

보리스는 노인이 가리키는 방향으로 고개를 돌렸다.

잠시 그 방향을 가늠하던 보리스가 자리에서 일어났다. 품에서 금화 한 개를 꺼내 든 보리스는 금화를 테이블 위에 놓인 바구니에 집어넣었다.

"고맙수."

"흥!"

보리스의 감사에 노인은 콧방귀로 응수를 했고, 보리스는 쓴웃음을 지으며 걸음을 옮기기 시작했다.

노인이 가리킨 방향으로 걸음을 옮기던 보리스가 갑자기 걸음을 멈췄다.

"저 노인네…… 내 직업을 어떻게 안 거지?"

보리스는 급히 자신의 차림새를 살폈다.

　"활과 칼을 들고 다니니까 용병 일을 하는 것이라고 생각할 수는 있겠지…… . 하지만, 사냥꾼이라는 것은 어떻게 알았지?"

　보리스는 오던 길을 급히 되짚어 걸어갔다.

　"그냥 때려 맞춘 거라고 보기에는 너무 잘 맞아. 그렇다고 그 노인네가 그렇게 신통한 점쟁이로 보이지도 않았어. 무엇인가 있다!"

　점을 봤던 장소로 돌아온 보리스는 주위를 살펴보았지만 노인은 그곳에 없었다.

　근처에 있던 잡상인들에게 물었지만 노인의 행방을 알 수 없자 보리스의 인상이 더욱 굳어졌다. 잠시 생각에 잠겼던 보리스는 다시 남쪽을 향해 걸음을 옮겼다.

　"무엇인가 있다…… . 처음 인귀를 잡았을 때도 우연 같지가 않아…… ."

　한참을 중얼거리며 걸음을 옮기던 보리스는 뒤를 돌아보며 결론을 내렸다.

　"이번 한 번 더 끌려가 주지. 그 목적이 나와 같으니까…… . 하지만 이번 한 번이야. 나는 사냥꾼이야. 난 사냥하는 자지, 사냥당하는 자가 아니야."

＊　　　＊　　　＊

한편 보리스의 인생 상담을 해준 점쟁이 노인은 보리스가 사라지자마자 재빨리 좌판을 걷고 자리에서 일어났다.

몇 굽이의 뒷골목을 돈 노인은 품에서 금화를 꺼내 들고는 기쁨의 미소를 지었다.

손에 쥐고 이리저리 살피던 금화를 한 입 깨물어 진짜 금화인지 확인한 노인은 속옷 깊숙한 곳에 숨기고는 다시 부지런히 걸음을 옮겼다.

다시 몇 굽이의 뒷골목을 돈 노인은 처음 보리스와 만난 곳에서 조금 떨어진 여관의 뒷문으로 들어갔다.

1층에 마련된 식당에 들어선 노인은 주위를 살피다가 창가에 앉은 남자를 발견하고는 급히 걸음을 옮겼다.

"헤헤헤! 하라는 대로 말했소."

노인은 비굴한 표정으로 손을 비비며 남자에게 말했다. 노인의 말이 끝나자 남자는 품에서 작은 주머니를 꺼내 건넸다.

점쟁이 노인은 주머니를 열어 내용물을 살피고는 더욱 비굴하게 웃으며 말했다.

"헤헤헤! 고맙소이다!"

"수고하셨소, 노인장. 뒷문으로 나가는 것 잊지 마시오."

"헤헤헤! 걱정 마시구랴!"

점쟁이 노인은 여전히 비굴하게 웃으며 빠르게 뒷문으로 사라졌다.

노인네가 뒷문으로 향하는 것을 흘깃 바라본 남자는 다시 길가로 시선을 돌렸다. 노인이 뒷문을 통해 사라질 찰나 보리스가 처음 노인을 만난 장소로 되돌아온 것이 남자의 눈에 들어왔다.

남자는 조용히 보리스의 행동을 관찰했다.

사방을 살피던 보리스가 주변 잡상인에게 무엇을 묻다가 다시 걸음을 옮겨 남쪽으로 사라지는 것을 확인한 그는 안도의 한숨을 내쉬었다.

안심한 표정으로 앞에 놓인 술잔을 든 남자는 한 번에 잔을 비우고는 자리에서 일어나 여관 2층 자신의 숙소로 올라갔다.

그리고 짐을 챙겨 나온 남자는 보리스가 향한 남쪽으로 걸음을 향했다.

　　　　*　　　　　*　　　　　*

한편, 행선지를 남쪽으로 잡은 보리스는 방향이 같은 상단을 호위하는 일을 하며 남하를 계속했다.

그러는 와중에도 도시나 마을에 도착할 때마다 보리스는 부지런히 기운을 살폈지만, 다들 뒷골목 불량배 수준들만 잡힐 뿐이었다.

마침내 3번째로 만난 큰 도시인 프레데릭스버그에서 보리스는 강한 인귀의 기운을 느꼈다. 보리스의 입에 섬뜩한 미소가 지어졌다.

"그동안 고마웠네."

"뭘요."

"여기 급료."

"감사합니다."

"그런데 말이야. 솜씨도 좋은 것 같은데 어디 용병대에라도 가입하는 것이 어때? 그럼 급료도 좀 더 올라갈 텐데? 내가 좋은 곳을 알고 있어서 그래."

"하하하! 아직은 좀 더 돌아다니고 싶습니다."

"허허! 거 사람하고는……."

매번 길드에 들러 급료를 받을 때마다 나오는 용병대 가입 권유를 웃음으로 거절한 보리스는 얄팍한 주머니를 품 안에 넣으며 길드를 나섰다.

길드를 나올 때까지 웃음이 감돌던 보리스의 얼굴은 문을 나서자마자 순식간에 굳어졌다.

여관에 방을 잡은 보리스는 밤이 되자 창문을 열고 주변의 기운을 느끼기 시작했다. 한참 동안 눈을 감고 방향을 찾던 보리스는 마침내 목표로 하던 것을 찾아내자 창밖으로 몸을 날렸다.

"저쪽이다."

3층에서 가볍게 뛰어내린 보리스는 건물들의 그림자 사이로 몸을 숨겼다.

완전히 어둠과 동화된 보리스는 건물들 사이를 빠르게 달리기 시작했다.

간간히 사람들과 마주쳤지만, 사람들은 보리스가 그곳에 있다는 것조차 제대로 느끼지 못하고 있었다.

잠시 후, 10여분 정도 달린 보리스 앞에 화려한 등불들로 장식된 건물이 나타났다.

그리고 등불이 달린, 높다란 담장으로 둘러싸인 7층 규모 건물의 입구에는 보기에도 화려한 마차들이 들어가고 있었다.

마차들이 설 때마다 건물 1층에서는 건장한 체구의 남자들이 달려 나와 마차를 건물 안으로 안내했고, 그들의 안내를 받으며 마차들은 안쪽으로 모습을 감추었다.

맞은편 골목 어두운 곳에서 그 모습을 보던 보리스는 조심스럽게 건물의 담을 넘었다.

"어디 보자……."

담을 넘은 보리스는 그늘 속에 몸을 숨긴 채 다시금 주변을 살폈다.

조용히 숨어들어 갈 통로를 찾는 보리스의 표정은 매우 좋지 않았다. 강하게 풍겨 나오는 인귀의 기운이 그의 오감을 강하게 자극하고 있었다.

"토할 것만 같군……."

억지로 욕지기를 참으며 보리스는 다시 한 번 인귀의 기운을 강하게 풍기는 곳이 어디인지 건물을 위아래로 훑어봤다.

그러던 보리스의 시선이 멈춘 곳은 건물의 7층이었다.

"저곳이군."

목적지를 확인한 보리스는 조심스럽게 건물의 뒤편으로 향했다.

건물의 벽을 타고 올라간 긴 굴뚝을 발견한 보리스는 장화에서 단검을 뽑아 들었다. 굴뚝이 만든 그림자 속에 몸을 숨긴 채 보리스는 틈새에 단검을 찔러 넣으며 굴뚝을 타고 오르기 시작했다.

굴뚝을 타고 지붕까지 오른 보리스는 조심스럽게 옥상을 살폈다.

옥상을 지키는 이들이 아무도 없는 것을 확인한 보리스는 소리없이 발을 디뎠다. 그리고 옥상에서 아래로 내려가는 문을 열고는 조심스럽게 걸음을 옮겼다.

끼이익.

작은 소리와 함께 살짝 열린 문을 통해 보리스는 7층 복도를 살폈다. 환한 복도에 아무도 없는 것을 확인한 보리스는 7층 복도로 나섰다.

복도에 깔린 두터운 카펫 위로 소리없이 걸음을 옮기며 보리스는 부지런히 주위를 살피고 느꼈다. 마침내 인귀의 기척을 찾아낸 보리스는 인귀가 있는 방의 옆방으로 들어섰다.

화려함으로 가득한 방에 들어선 보리스는 인귀가 있는 방과 면한 벽에 온몸을 밀착시켰다.

꼬챙이 스타일의 스틸레토를 꺼내 든 보리스는 조용히 벽에 구멍을 뚫기 시작했다. 구멍이 뚫리자 보리스는 벽에 달라붙어 옆방을 살피기 시작했다.

불행히 구멍의 위치로 인해 사람들의 발만을 볼 수밖에 없었지만, 더욱 또렷한 대화 내용을 들을 수 있었다.

"하하하! 지난번에는 매우 재미있었네!"

"감사합니다."

"자네가 아니었다면 어디서 그런 재미를 느꼈을까!"

"다 여러 공자님들의 덕입니다."

이제 갓 청년기에 들어선 어린 남자들의 웃음소리와 함께 듣기 좋은 중저음의 목소리가 이어졌다.

"이번 계획도 기대가 크네!"

"모레가 확실한 것이지?"

"그렇습니다."

남자들의 대화를 들은 보리스는 더욱 벽에 밀착했다.

"자자! 이제 그 이야기는 그만 하시지요. 진짜 재미는 당일에 즐겨야 하지 않겠습니까? 그냥 이야기만 하다보면 재미가 없지요."

"맞아! 그렇지! 그렇지!"

"하하하! 그렇고말고! 말로만 떠드는 것보다는 진짜 보고 만지는 것이 최고지!"

"알겠습니다! 그럼 여흥을 즐기시지요."

중저음 남자의 말에 어린 남자들도 동의를 하고는 다시 왁자지껄 떠들고 웃어댔다.

그러는 가운데 중저음 남자의 다리가 사라지고, 곧 작은 종소리가 들려왔다.

딸랑! 딸랑!

종소리가 사라지자 곧 많은 사람들이 올라오는 기척이 느껴졌고, 여성들의 웃음소리가 복도를 울렸다.

"까르르르!"

"호호호!"

"반가워요, 공자님!"

"이리 오거라! 우리 귀염둥이!"

남녀의 웃음소리가 섞여 들면서 단 하나의 방만 채워졌던 7층이 술과 음악, 웃음소리와 살색으로 가득차기 시작했다.

비워졌던 방마다 남녀가 정신없이 들어가고 나가기를 계속하고 있었고, 온갖 진미와 명주들이 계속해서 7층으로 올라왔다.

한편, 재빨리 창문을 통해 옥상으로 올라온 보리스는 혀를 찼다.

"쳇! 좋은 기회였는데……. 기도들까지 올라올 건 뭐야? 그나저나 한둘이 아니었군."

옥상에 엎드린 채 7층 인귀들의 기를 감시하면서 보리스는 궁리를 계속했다.

"지금 내려가서 다 죽일까? 아냐……. 쓸데없는 피는 보지 말자……."

결정을 내린 보리스는 인귀들을 감시키 위해 다시 옥상 바닥에 엎드렸다.

*　　　*　　　*

그날 밤 늦게야 7층의 남자들은 자리에서 흩어졌다. 술에 잔뜩 취한 남자들은 커다란 소리로 웃고 떠들며 현관을 나섰다.

"쿠하하! 또오오~ 보자구으으으~!"

"딸꾹! 그, 딸꾹! 그래~."

만취해서 풀린 다리로 휘청거리는 남자들은 다른 이들의 도움을 받아 마차에 올랐다.

그들이 마지막 손님들이었는지 건물의 소란은 가라앉아 갔다. 이곳저곳에 환하게 켜져 있던 등불까지 다 꺼지자 보리스는 조용히 실내로 내려갔다.

7층에 다시 도착한 보리스는 조심스럽게 복도를 걸어갔다. 7층에 아무도 없음을 확인한 보리스는 계단을 내려가며 한층씩 살폈다.

방 안에 가득 찬 주향과 살내음을 빼기 위해 활짝 열린 문들 사이로 걸음을 옮기던 보리스는 앞쪽에서 사람들의 목소리가 들리자 재빨리 몸을 숨겼다.

"자! 이 금고를 사장님 방으로 옮겨라!"

"하나, 둘…… 들어!"

"웃차!"

남자들의 용을 쓰는 소리와 함께 복도에는 일단의 남자들이 커다란 금고를 들고 있었다. 보리스는 조용히 남자들의 뒤를 따랐다.

남자들은 건물 4층 한 구석에 있는 작은방에 금고를 가지고 들어갔다.

"사장님, 안녕히 주무십시오!"

"형님, 안녕히 주무십시오!"

"그래, 잘들 자라."

깍듯한 인사와 함께 방에서 물러 나온 남자들은 조심스럽게 문을 닫았다.

사장이 있는 방에서 멀리 떨어진 계단에 도착해서야 남자들은 비로소 어깨에 힘을 풀고 큰 목소리로 대화를 나누기 시작했다.

"야~ 오늘도 하루 끝났다!"

"한 잔 어때?"

"좋지!"

왁자지껄 떠드는 남자들의 목소리가 점점 작아지자 보리스는 구석에서 몸을 일으켰다.

"저 방이란 말이지?"

사장이 있는 방 바로 위층으로 숨어든 보리스는 아래층의 불이 꺼지기만을 기다렸다.

불이 꺼지고 한 시간 정도 지나자, 보리스는 조심스럽게 아래층의 창문을 열고 방 안으로 들어가 주위를 살폈다.

사장의 사무실인 듯 책상과 책꽂이, 기타 사무용 가구들이 있는 방 안을 살피던 보리스는 옆방과 연결된 방문으로 향했다.

방문에 귀를 가까이 대자, 커다랗게 남자의 코고는 소리가 들려왔다. 사장이 자는 것을 확인한 보리스는 사장의 책상으로 걸어갔다.

보리스는 책상 위에 있던 서류들을 손에 들고는 창가로 갔다.

몸을 숨긴 채 보리스는 달빛에 비친 서류들의 내용을 살피기 시작했다. 순간, 몇 장의 서류를 뒤적이던 보리스의 눈이 고정되었다.

"이틀 뒤의 일이 이거였나? 거리로 이틀거리니까. 정확히는 나흘 후군."

몇 번이고 다시 읽던 보리스는 조심스럽게 서류를 제자리에 돌려놓고는 코고는 소리가 들려오는 방을 노려봤다.

"오늘은 그냥 넘어가마. 이 빌어먹을 인귀야."

자신이 원하는 것을 알아낸 보리스는 소리없이 창밖으로 모
습을 감추었다.

*　　　*　　　*

나흘 뒤, 일단의 기마대가 산길을 달리고 있었다. 막 동이
터오는 새벽의 찬 공기 속에서 말들은 거친 김을 뿜어내고 있
었다.

"이랴!"

"하아! 하아!"

히히힝!!

깊은 산길을 한참 동안 달린 기마대는 숲을 관통해 작은 언
덕 정상에 멈춰 섰다. 그들의 눈 아래로는 약 10여 호의 작은
화전민촌이 자리를 잡고 있었다.

"확실히 있군."

"그럼. 누구 정보인데."

말 위에 앉아서 화전민촌을 보던 남자들은 잔인한 미소를
지으며 대화를 나누었다.

제일 앞에 선 남자가 투구를 벗었다. 투구를 벗은 남자는 이
제 사춘기를 막 지난 나이로 남자라기보다는 소년이 더 정확
한 모습이었다. 땀에 젖은 머리카락들을 가볍게 턴 소년은 말

을 돌려 일행들을 바라봤다.

"여러분, 우리는 이제 산적들의 본거지를 칩니다. 저들은 국법을 어기고 선량한 백성들을 죽이고 재산을 강탈하는 악질적인 놈들입니다. 국법에 따라 저들은 모두 사형입니다. 이의 있습니까?"

"이의 없소!"

기마대가 전원 찬성을 하자 남자는 다시 투구를 쓰고는 말을 돌려 언덕을 내려가기 시작했다.

"형을 집행합시다."

"기사들이다!"

"꺄아악!"

"움직여!"

"도망쳐라!"

기마대가 마을로 다가오자, 화전민들은 비명을 지르며 공황에 빠져들었다. 화전민들은 서둘러 가족들과 함께 숲으로 내달렸다.

"그자의 말이 사실이었어!"

"도망쳐라!"

"으아아!"

비명과 함께 화전민들이 흩어지자, 기마대는 더욱 빠르게 마을로 달려들었다.

"산적들이 도망간다! 모두 죽여라!"

"죽여라!"

화전민들은 필사적으로 달렸지만, 말들의 추격에서 벗어날
수는 없었다. 빠르게 달리는 말 위에서 기사들은 창으로 도망
가는 화전민들의 등을 찔렀다.

"크아악!"

"꺄악!"

창에 찔린 화전민들은 비명과 함께 땅을 굴렀고, 몇몇은 말
발굽에 밟혀 피투성이로 목숨을 잃었다. 그러는 와중에도 몇
몇은 농기구를 손에 쥐고 기사들에게 덤벼들었다.

"죽어!"

"오호?"

쇠스랑을 들고 달려오는 화전민을 본 기사 하나가 피식 웃
고는 말을 달려 화전민의 정면으로 달려들기 시작했다. 절묘
한 기마술로 쇠스랑을 피한 기사의 창날이 불운한 화전민의
가슴을 관통했다.

가슴을 관통당한 화전민은 피를 토하며 땅에 쓰러졌고, 화
전민의 목숨을 앗아간 기사는 검을 빼들고 다른 사냥감을 찾
기 시작했다.

화전민 부락을 둘러싼 숲 속에서 보리스는 인간 사냥을 지
켜보고 있었다. 화전민을 죽이기 위해 기사들이 흩어지자, 보

리스는 활을 들어 기사들을 겨냥했다.

피육!

"큭!"

화살에 가슴을 관통당한 기사 하나가 짧은 비명과 함께 말에서 떨어졌다. 곧이어 또 다른 기사 하나가 목을 관통당해 역시 말에서 떨어져 내렸다.

"쟈콥이 당했다!"

"젠센도 당했다!"

"주변을 살펴라!"

마침 그 광경을 본 기사 하나가 고함을 치자, 남은 기사들은 급히 살상을 멈추고 좌우를 살피기 시작했다. 그 순간 하나의 화살이 또 한명의 기사를 꿰뚫었다.

"크악!"

"어디냐!"

다섯 만이 남은 기사들은 기겁을 하면서 좌우를 살폈다. 그러는 동안 다시 한 대의 화살이 한명의 목숨을 앗아갔고, 남은 기사들은 한 곳에 모여들었다.

"서로 한 방향씩 감시한다!"

남은 네 명의 기사들은 서로 등을 맞대고 사방을 감시했다. 그렇게 되자 보리스는 숲에서 모습을 드러냈다.

한 대의 화살을 시위에 얹고 다른 두 대의 화살은 입에 문채 보리스가 모습을 드러내자, 기사 하나가 손가락으로 보리스를 가리키며 크게 외쳤다.

"저놈…… 악!"

"죽여라!"

보리스를 발견한 기사가 화살에 쓰러지자, 다른 세 기사가 보리스를 향해 말을 달려들었다. 기사들이 돌진해 오자, 보리스는 입에 물고 있던 화살 두 발을 빠르게 기사들에게 날렸다.

"크악!"

"아악!"

두 대의 화살도 역시 두 명의 목숨을 앗아갔다. 마지막 남은 기사는 붉게 충혈된 눈으로 보리스를 향해 달려들었다. 보리스는 활을 버리고 장검을 빼어들고는 달려오는 기사에게 덤벼들었다.

"죽어!"

말 위의 기사는 덤벼드는 보리스를 향해 검을 내리 찔렀지만, 보리스는 말의 넝치를 이용해 말 밑으로 숨어들면서 안장의 끈을 잘라냈다.

끈이 잘린 것을 알아채지 못한 기사는 보리스를 찌르기 위해 몸을 크게 움직였고, 중심이 어긋나자 안장과 함께 땅에 떨어졌다.

"으아!"

말안장과 함께 땅에 떨어진 기사가 버둥거리며 일어서려하자, 보리스는 화전민의 몸에 꽂혀 있던 창을 뽑아 기사의 두 다리를 산적처럼 꿰어버렸다.

"으아악!"

두 다리가 관통 당하자, 기사는 온 산이 떠나가라 비명을 질렀다. 일어서려 했지만, 두 다리를 꿰뚫은 창이 땅 속에 깊이 박혀 있어서 고통만이 더욱 커져갔다.

마지막 기사를 제압한 보리스는 주변을 살폈다. 여기저기 널려있는 화전민들의 시체를 본 보리스는 얼굴을 굳히며 고개를 흔들었다.

"그 짧은 시간에 다 당한 거냐……. 그러기에 도망가라고 했거늘. 자신들이 택한 결과지만 안타깝군."

고개를 숙여 죽은 화전민들을 위한 짧은 묵념을 올린 보리스는 죽어 널브러진 기사들의 시체로 다가갔다.

기사들의 투구를 벗기자 거기에는 갓 사춘기에 벗어난 앳된 얼굴들이 자리를 잡고 있었다. 일일이 기사들의 얼굴을 확인한 보리스는 한숨을 내쉬고는 아직 숨이 붙어 있는 기사에게로 걸어갔다.

"크윽!"

챙그랑!

보리스가 다가오자 기사는 필사적으로 검을 잡아 저항을 하려했다. 하지만 보리스의 발길질에 검은 저 먼 곳으로 날아갔다.

기사의 검을 날려 버린 보리스는 투구를 벗겼다. 역시 앳된 얼굴이 나타나자 보리스는 한숨을 쉬면서 물었다.

"몇 살이냐?"

"누구에게 그런 무엄한 말을 하는 것이냐!"

기사의 반문을 들은 보리스는 말없이 창대를 손에 쥐고는 좌우로 흔들었다.

"으아악!"

엄청난 고통에 기사는 비명을 질러댔다. 기사의 비명이 잦아들자 보리스는 다시 물었다.

"몇 살?"

"14살이다…….."

"허어…… 저놈들도?"

"비슷하다. 으윽! 다들 나보다 한두 살 많거나 적은 이들이다."

"허!"

기사의 대답에 보리스는 기도 안 찬다는 표정을 지었다.

"내가 살던 뒷골목에서도 칼질하려면 최소한 18살은 넘어야 했는데……. 대가리에 피도 안 마른 것들이 술에, 여자에, 살인까지 해? 보니까 꽤 숙달된 솜씨들이야."

작게 혀를 찬 보리스는 다시 창대를 휘저었다.

"아아악! 아악!"

기사는 다시 처절하게 비명을 질러댔다. 보리스가 창에서 손을 떼자 기사는 피눈물을 흘리며 말했다.

"내가 누군지 아느냐? 이런 짓을 하고도 네가 무사할 줄 아느냐?"

"넌 나 알아?"

"크아악!"

다시 보리스가 창대를 움직이자 기사는 비명을 질러댔다.

"내 아버지가 누군지 아느냐?"

"몰라. 관심도 없고."

기사의 말에 냉담하게 대답하며 보리스는 검을 빼들었다.

"내 관심은 인간 같지도 않은 녀석들 잡아 족치는 것밖에 없어."

인귀들을 처리한 보리스는 도망가지 않고 남아 있던 말 한 마리를 근처 나무에 묶어놓았다. 곧이어 보리스는 도륙당한 마을 사람들의 시체를 가장 큰 집으로 모았다.

"후우~."

얼굴에 맺힌 땀을 닦은 보리스는 횃불을 손에 쥐었다.

"지금으로서는 이것밖에 못해드려 죄송합니다."

화악!

고개를 숙이며 짧게 사죄의 말을 한 보리스는 횃불을 집에 던졌고, 탈 것들을 미리 채워두었던 집은 곧 강하게 타오르기 시작했다.

시뻘겋게 타오르는 화염을 배경으로 보리스는 기사들의 시체를 한곳으로 모았다. 그리고 묶어두었던 말에 수레를 연결하고 그 수레에 기사들의 시체를 실은 보리스는 말의 엉덩이를 때렸다.

"히야!"

찰싹!

히힝!

말은 천천히 수레를 끌고 자신이 왔던 길을 되짚어 가기 시작했다.

"어느 집구석인지 뒤집어지겠군."

말이 가는 방향을 가늠하던 보리스는 곧 자신의 짐을 챙겨 들었다.

"흐음……. 난 뒷마무리나 지으러 가볼까?"

＊　　　　＊　　　　＊

이틀 뒤, 보리스는 예의 건물 옥상에 다시 엎드려 있었다. 지난번에 왔을 때처럼 건물은 남녀의 시끄러운 웃음소리와 음악 소리, 주향으로 넘쳐나고 있었다.

늦은 밤이 지나서 손님들이 다 떠난 다음, 보리스는 조심스럽게 사장의 침실로 들어섰다.

잠을 자기 위해 잠옷으로 갈아입고 침대로 들어가려던 사장은 방문이 열리고 보리스가 들어서자 급히 침대에 달린 줄을 당기려 했다.

피익!

“크윽! 누구냐?”

보리스가 날린 단검에 손을 찔린 사장은 피가 흐르는 손을 움켜쥐며 물었다. 보리스는 또 다른 단검을 빼서 흔들며 대답했다.

“우선은 도둑이라고 알아둬.”

“우선은?”

“우선은.”

보리스는 짧은 대답과 함께 사장이 침대에서 벗어나도록 단검으로 신호를 보냈다. 눈앞에서 단검이 까닥거리자, 사장은 주춤주춤 침대에서 벗어나 벽난로 옆으로 갔다.

“금고 열어.”

보리스의 말에 사장은 오늘의 수입이 들어 있는 금고에 손을 댔다.

“그거 말고 비밀 금고.”

보리스의 말에 잠시 멈칫하던 사장은 한숨을 쉬고는 난로 옆으로 걸음을 옮겼다. 벽에 걸린 그림을 치운 사장은 벽에 만들어진 비밀 금고의 문을 열었다.

“꺼내가라.”

문을 연 사장이 옆으로 비켰지만, 보리스는 움직이지 않았다.

“네가 다 꺼내 놔. 하나도 남김없이. 꺼내서 바닥에 내려
놔.”

보리스의 말에 사장은 금고 안에서 어른 주먹 두 개를 합친
크기의 주머니를 꺼내 바닥에 내려놓고는 보리스를 쳐다보았
다.

“다 꺼내라고 했지?”

“비자금은 이것이 다다.”

“그 옆에 있는 것들도 다.”

보리스가 서류까지 내놓으라고 하자, 사장이 보리스에게 물
었다.

“누가 보낸 거냐?”

“알 거 없어.”

여전히 짧고 무신경한 보리스의 대답에 사장은 서류들까지
다 꺼내서 바닥에 내려놨다.

“가져가라.”

바닥에 주머니와 서류들을 내려놓은 사장은 손짓하며 보리
스에게 말했다. 그와 동시에 사장은 뒤로 걸으며 조심스럽게
바닥에 장치된 스위치를 찾기 시작했다. 하지만, 보리스는 사
장의 예상과 다른 행동을 보였다.

“잘 가라.”

피웅!

“컥!”

털썩!

사장의 예상과 달리 보리스는 곧장 단검을 날렸고, 사장은 목을 움켜쥐며 앞으로 쓰러졌다. 사장이 쓰러진 후에 보리스는 걸음을 옮겼다.

대충 서류를 훑어본 보리스는 그것들을 모두 벽난로에 집어던졌다.

"열심히 해 처먹었군. 밤에 잠 못 잘 사람들 많겠네."

서류들을 소각한 보리스는 주머니를 열었다. 종류별로 잔뜩 들어있는 보석들과 금화를 확인한 보리스는 주머니를 품에 넣었다.

"잘 쓸게."

일을 마친 보리스는 도로 나가려다가 걸음을 멈추었다.

"아직도 귀기가 남아 있다? 그것도 보통이 아니야. 이미 인귀를 죽였는데도 이렇게 강하게 풍기는 귀기라니……. 도대체 뭐가 더 있는 거지?"

잔뜩 긴장한 얼굴로 보리스는 복도로 나가는 방문을 열었다.

*　　　*　　　*

복도로 나선 보리스는 조심스럽게 방들을 살피기 시작했다. 손님들의 방을 확인한 보리스는 기도들과 여급들이 있는 방들로 걸어갔다.

"읍!"

10여 개의 방 가운데 하나를 연 보리스는 코를 막았다. 어렸을 때 빈민가 한쪽에 있던 위험지대에서나 나던 냄새였다.

"마약인가……."

반쯤 열린 문으로 안을 확인하던 보리스의 얼굴은 점점 굳어져 갔다.

벌거벗은 남녀들이 이리저리 뭉쳐 있었다. 일 대 일은 물론 여자 하나와 남자 둘, 또는 그 반대의 양상으로 남녀들이 엉켜 잠이 든 것을 확인한 보리스는 조심스럽게 문을 닫고는 다른 방들을 열어 보기 시작했다.

연 방들마다 상황은 대동소이했고 강한 마약 냄새가 흘러나왔다.

마지막에서 두 번째 방문을 열었을 때 보리스는 고개를 갸웃했다. 마지막 방은 너무나 깨끗했다.

보리스는 방 안으로 들어가 주의 깊게 살피기 시작했다. 유난히 반질거리는 촛대를 찾아낸 보리스는 그 촛대를 살짝 움직였다.

끼이익.

촛대가 움직이자 한쪽 벽이 열리고 복도가 나타났다.

"또 피 냄새냐……."

비밀 계단을 내려가면서 점점 강해지는 피 냄새에 보리스는 고개를 저었다.

술에 취한 듯 비틀거리며 계단을 내려간 보리스는 닫혀 있는 문을 열었다.

그 안에는 각종 채찍들과 고문 도구들이 한쪽에 정리되어 있었다. 바닥에는 여성들을 고문하기 위한 형틀이 몇 개씩 설치되어 있었고, 다른 쪽 벽에는 혈흔이 낭자했다.

보리스는 문을 닫고는 다시 위로 올라왔다. 위로 올라온 보리스는 크게 한숨을 쉬었다.

"사람들만 귀가 아니라 이 집 자체가 귀였구나……."

결정을 내린 보리스는 칼을 빼어 들었다.

처음 봤던 방으로 돌아간 보리스는 잠이 든 사람들을 하나씩 처리하기 시작했다. 약과 잠에 취한 사람들은 저항도 하지 못하고 보리스에 의해 죽어나갔다.

푹! 푹! 푹!

"끄으으……."

섬뜩한 파열음이 날 때마다 작은 신음만이 한 사람의 생명이 사라지고 있음을 알려주고 있었다.

사람들의 피가 뚝뚝 흐르는 단검을 손에 쥔 보리스는 마지막 방으로 향했다. 방문을 열자, 안에서 가냘픈 소녀의 목소리가 들려왔다.

"누구세요?"

보리스는 목소리가 들린 방향으로 시선을 돌렸다. 그곳에는 천개가 씌워진 커다란 침대가 놓여 있었고, 침대 위에는 어린 소녀가 달빛을 받으며 보리스를 보고 있었다.

보리스는 단검을 역수로 쥐어 감추고는 소녀에게로 다가갔다.

보리스의 모습이 달빛을 받으며 확실하게 보이자, 소녀는 고개를 잠시 갸웃하다가 활짝 미소를 지었다.

"아! 새로 온 오빠인가 보구나? 마리랑 자려고 온 거야? 으응…… 오늘은 좀 힘든데……. 히잉. 에이! 오빠는 착해 보이니까 인심 썼다!"

소녀는 혼자서 묻고 답하기를 하더니 곧 옷의 끈을 풀기 시작했다.

소녀의 잠옷이 흘러내리고 발육이 덜 된 여자 아이의 하얀 나신이 달빛에 드러났다. 발가벗은 소녀는 보리스를 향해 두 팔을 벌렸다.

"이리 와, 오빠. 재미있게 놀자."

"후우~."

발가벗은 소녀가 어울리지 않게도 색기 가득 찬 미소를 지으며 두 팔을 벌리자, 보리스는 한숨을 내쉬고는 뒤로 감춘 단검을 앞으로 꺼내 들었다.

아직도 피가 떨어지는 단검을 본 소녀의 얼굴에서 미소가 사라졌다.

"다른 사람들은 다 죽었나요?"

"그렇다."

"그렇군요."

좀 전과는 달리 소녀는 매우 차분한 목소리로 대답을 하고는 벗어놓았던 잠옷을 집어 들었다.

"잠시 돌아서 주시겠어요? 벗은 몸을 보이기 그러네요."

"응하리라고 보는가?"

보리스는 정반대로 변한 소녀의 행동에 놀라면서도 긴장을 늦추지 않으며 대답했다.

보리스의 대답에 소녀는 자신이 등을 돌리고는 천천히 잠옷을 다시 걸쳤다. 꼼꼼하게 잠옷의 매듭을 묶은 소녀는 침대에서 내려왔다.

"잠시 저를 따라와 주시겠어요?"

소녀는 옆방과 통하는 문을 열었다.

창문이라고는 하나도 없는 밀실 안에는 커다란 책꽂이와 책상이 놓여 있었고, 한쪽에는 많은 드레스가 걸린 행거가 설치되어 있었다.

"잠시 기다려 주세요."

말을 마친 소녀는 행거로 걸어가 드레스들을 살피더니 곧 한 벌의 드레스를 꺼내 갈아입기 시작했다.

'내가 왜 저 아이의 말을 듣고 있는 거지?'

"매듭을 좀 묶어 주시겠습니까?"

손에 쥔 단검을 바라보며 멍하니 있는 자신에 대해 고민하던 보리스는 소녀의 등 뒤로 걸어가 드레스의 매듭을 묶어주었다.

매듭을 다 묶어준 보리스가 뒤로 물러서자 소녀는 보석 상자에 들어 있던 목걸이를 조심스럽게 꺼내 목에 매고는 천천히 몸을 돌렸다.

소녀의 사이즈에 맞추었지만 성인 여성의 복식을 그대로 따른 드레스를 입은 소녀는 정중하게 고개를 숙여 예를 올렸다.

"기다리게 해서 죄송합니다. 고통스럽지 않게 해주세요."

사과와 당부의 말을 한 소녀는 바닥에 앉아 눈을 감았다. 세상을 초탈한 듯 너무나 어른스러운 모습을 바라보던 보리스가 물었다.

"너 몇 살이냐?"

"몇 살로 보이십니까?"

"한 10살?"

보리스의 대답에 소녀는 슬픈 미소를 지었다.

"19살입니다."

소녀의 대답에 보리스는 소녀를 다시 살피기 시작했다.

"제 나이 11살 때 이곳의 사장이 약을 먹였습니다. 그 이후 나이를 먹어도 몸은 변하지 않게 되었습니다."

"어떻게 그런 일이……."

"흔한 이야기죠. 몰락한 귀족을 가장으로 둔 여자. 험한 일을 하려하지 않던 가장은 쉽게 돈을 벌 생각만 했고, 그 와중에 빚으로 끌려온 딸. 딸을 데려온 남자는 어린 소녀만을 좋아하는 남자들을 상대로 여자를 내몰았지요. 그 여자는 의외로 인기가 좋았고, 사장은 꼼수를 부리게 되었지요. 고객들의 마음에 들 수준의 아이를 찾아 교육시키는 과정을 생략할 수 있으니까요.”

“그것이 너인가?”

“…….”

보리스의 물음에 소녀는 다시 미소를 지었다.

“그 가장은 어떻게 되었지?”

“술에 취해 죽었답니다. 그렇게 술을 좋아했으니 행복했겠지요.”

그래도 부모였을까, 소녀의 눈에는 눈물이 고였다.

작은 손짓으로 눈물을 닦아낸 소녀는 차분한 표정으로 눈을 감고 마지막을 기다렸다. 그 모습을 본 보리스는 팔짱을 끼고 문틀에 기대어 섰다.

보리스는 창을 통해 들어오는 달빛을 보면서 잠시 생각에 잠겼다. 마침내 결론을 내린 보리스는 피가 묻은 단검을 침대보로 닦아 도로 집어넣고는 소녀를 바라봤다.

“나하고 같이 가자.”

“예?”

“그대로 죽기엔 억울하다는 생각 안 들어?”

“하지만……..”

“그럼 그냥 죽을래?”

보리스의 물음에 소녀는 고개를 가로저었다.

“그럼 일어나.”

소녀가 따라 나오자, 보리스는 소녀를 건물 밖 어두운 곳에 숨겨놓았다.

“여기서 꼼짝하지 마.”

소녀를 숨긴 보리스는 건물로 다시 들어갔다.

주방에서 커다란 기름통을 찾아낸 보리스는 건물 복도마다 깔린 카펫과 벽에 기름을 뿌려댔다. 기름이 떨어지자 보리스는 술 저장고로 향했다.

저장고에 있는 술을 뒤져 독주를 발견한 보리스는 그중 한 병의 마개를 따고는 한 모금을 마셨다.

“크윽!”

독한 술로 인해 짜릿해진 속을 가라앉힌 보리스는 찾아낸 독주까지 건물 곳곳에 뿌리기 시작했다. 건물 전체에 기름과 독주들을 골고루 뿌린 보리스는 벽난로에서 불이 붙은 나무를 꺼내 들었다.

잠시 화려한 내부를 감상하던 보리스는 마루에 두텁게 깔린 카펫에 불붙은 나무를 던졌다.

화악!

　기름과 독주로 푹 젖은 카펫은 순식간에 파랗고 노란 불꽃을 피워 올리기 시작했고, 그 불꽃은 빠르게 건물 전체로 퍼지기 시작했다.

　보리스가 소녀 곁으로 돌아왔을 때 건물은 이미 커다란 화염에 휩싸여 있었다.

　씨아~! 쉬이익!! 크아악! 삐에엑!

　"그래, 그렇게 비명을 질러라. 너의 최후에 어울리는 비명을 질러라."

　건물을 사르는 거친 화염이 만들어낸 비명과 같은 바람 소리에 보리스가 중얼거리고 있을 때, 화재를 발견한 근처 사람들이 몰려오기 시작했다.

　"불이다!"

　"불이야!"

　"소방대를 불러!"

　"양동이! 양동이!"

　"가자."

　사람들이 몰려오는 것을 본 보리스는 소녀를 등에 업고는 어둠 속으로 사라졌다.

＊　　　＊　　　＊

　프레데릭스버그에서 가장 유명한 고급 술집이 하룻밤 사이에 재가 된 사건은 호사가들의 입방아에 오르내렸다.

생존자가 없었기에 화재 원인은 미궁으로 빠져들었고, 그 사이에 보리스는 마리와 함께 프레데릭스버그를 떠날 준비를 했다.

마리를 태울 마차와 옷가지, 기타 여행 준비를 마친 보리스는 프레데릭스버그에서 마지막 밤을 보내고 있었다.

보리스는 의자에 앉아서 마리를 바라봤다. 첫날과 달리 이제는 편안한 자세로 잠에 빠져든 마리를 보던 보리스가 조용히 입을 열었다.

"이제 그만 나오시지."

"알고 있었나?"

"그 정도도 못 알아챘다면 이 짓도 때려쳐야지."

보리스의 대답에 커튼 뒤에서 한 남자가 모습을 드러냈다.

"오랜만이군."

"그렇군. 충고는 고마웠어."

어느새 보리스의 손에는 작은 단검이 들려 있었지만, 남자는 태연히 보리스의 맞은편 자리에 앉았다.

"묻고 싶은 것이 많겠지만 나부터 하나 물어야겠군."

"뭐를?"

"저 아이. 자네도 알고 있겠지? 저 아인 위험해."

"불쌍한 여자야."

"하지만, 순리를 벗어난 역리로 몸이 망가져 있어. 그리고

선천적인 것이든 후천적인 것이든 과도할 정도의 색기가 몸에
배어 있다. 두 가지가 합쳐 져 이미 상당한 귀가 되어버렸어.
차라리 안식을 주는 것이 나아.”

　“그 결정은 내가 해.”

　남자의 제안을 보리스는 일언지하에 거절했다. 보리스의
대답에 남자는 어깨를 으쓱하고는 더 이상의 말을 하지 않았
다.

　“이제 내가 물을 차례인가?”

　“보나마나 내 정체를 묻겠지.”

　“비밀인가?”

　“아냐. 너에게는 나, 아니 우리의 정체는 비밀이 아니지. 우
리는 몰이꾼이야. 사냥꾼에게 사냥감을 몰아다주는 몰이꾼.”

　“하지만 난 여태까지 내 능력으로 돌아다녔어. 이거 몰이꾼
으로서 문제 있는 거 아냐?”

　“아니지. 짐승이야 몰이꾼이 몰지만, 너의 사냥감은 인간이
야. 그것도 상당한 수준의 배경을 가진 인간들. 돈, 권력, 무력
을 다 가지고 있거나, 그중 하나라도 가지고 있는 이들이지. 이
런 인간들이 우리가 몬다고 움직일까?”

　“우리?”

　“우리. 몰이꾼은 언제나 하나가 아니야. 네가 어디로 갈지,
어디로 가야만 하는지, 어디에 있는지 우리는 잘 알고 있지.”

　“정보 길드인가?”

"길드에도 우리들이 있지만, 우리 모두가 길드원은 아니
야."

"제일 무서운 조직이군."

"하지만, 너만큼 강하지는 않지. 남은 거 있어?"

보리스의 물음에 대답을 해주던 남자는 테이블 위에 놓인
술잔을 보고 물었고, 보리스는 가방에서 술병을 꺼내 건넸다.

"며칠 전에 재로 변한 곳에서 가져온 놈이야."

"맛은 좋겠군."

남자는 큰 잔에 술을 가득 따르고는 한 번에 들이켰다.

"후우~."

목을 타고 올라오는 독한 술기운에 크게 숨을 몰아쉰 남자
는 손등으로 입술을 닦고 또다시 빈 잔에 술을 따랐다.

"스승이 말한 '도와줄 이들'이 당신들인가?"

"꿀꺽! 크흐! 지금은 그래. 원래는 '보는 자들'이 있었지."

"보는 자들?"

"사냥할 가치가 있는 대상을 고르는 친구들이지. 저 귀성인
지, 요성인지를 보면서 꼭 죽여야 할 인귀들이 있는 곳을 찾아
내는 이들. 그들이 방향을 잡으면 우리가 위치를 찾아내지. 그
리고……."

"내가 사냥을 하고."

"맞아. 하지만, 지금은 그렇지가 못해."

"이유가 뭐지?"

"꿀꺽! 푸하! 그 망할 놈의 '보는 법'이 문제였지. 보는 법을 익힌 자들이 권력과 야합을 한 거야. 자신에게 득이 될 자라면 인귀들도 살리기 시작했지. 그래서 지금은 우리 몰이꾼들이 무지 힘들어. 우리를 도와주는 '보는 자들'은 실력이 좋지가 않거든. 덕분에 네게 알려줄 사냥감을 파악하는데 더 많은 시간이 걸리지. 가치 판단까지 우리가 해야 하니까."

"당신들은 권력과 손잡은 이들이 없다는 소리야?"

"원래 태생이 안 좋은 놈들이라……."

말을 줄이며 남자는 술잔을 다시 채워 들이켰다. 빈 잔을 내려놓은 남자는 자리에서 일어섰다.

"이젠 나도 가 봐야지. 너도 빨리 떠나는 것이 좋을 거야. 네가 죽인 애송이들의 시체가 집에 도착했어."

"그러지. 그럼 난 이제 어디로 가야하지?"

"아무데나 내키는 방향으로. 네가 어디에 있든 우리가 다음 사냥감을 알려줄 거야."

"알았어."

보리스의 대답을 들은 남자는 창문을 열었다. 창틀에 발을 올리던 남자는 보리스를 돌아봤다.

"저 여자, 다시 생각해 봐. 위험해. 귀기에 물들지 몰라."

"대답은 아까 했어."

보리스가 재차 거부를 하자 남자는 할 수 없다는 표정을 지으며 어둠 속으로 몸을 날렸다. 남자가 사라지자 보리스는 자신의 잔에 술을 채우고는 창밖을 바라보았다.

"이봐. 내가 죽인 이들이 몇인지 알아? 흔적을 남긴 인귀만 여덟에 덩달아 죽인 인간들은 부지기수야. 인귀들의 심장에 칼을 꽂을 때마다 심장 박동이 칼을 타고 느껴져. 밤에 베개를 베고 누우면 내 귀에 울리는 고동이 나의 심장에서 나는 것인지, 내가 죽인 이들의 고동인지 알 수가 없어. 스승이 가르쳐준 호흡법으로 마음을 가라앉히는 것도 한계가 있어서 이처럼 술을 마셔야 해. 내게 주어진 카드는 100장. 앞으로 얼마를 죽여야 할 지 몰라. 귀기에 물드는 것을 조심하라고? 이미 늦었어."

5장
사냥을 이용한 음모

Hunter
Age

사냥을 이용한 음모

"흐흑!"

"아이고!"

"으응……."

"마님이 기절하셨다! 빨리 안으로 모셔라!"

고위 귀족의 대저택 정원에서는 한바탕 난리가 벌어지고 있었다.

수레에 실려 온 아들들의 시신을 확인한 여인들은 저택이 떠나가라 통곡을 하다가 정신을 잃고 실려 들어갔다. 울부짖던 여인들이 안으로 들어가자, 남자들이 시체들 주위를 둘러싸고는 하나하나 세심히 살펴보며 의견을 나누었다.

"한 발에 끝났습니다."

"깔끔하군."

"전문가의 솜씨입니다."

"화살은?"

남자들 가운데 가장 상급자로 보이는 이의 물음에 다른 남자가 시체에서 뽑은 화살을 내밀었다.

"이것들입니다."

"특징은?"

"없습니다. 시중에서 흔히 구할 수 있는 것들입니다."

"화살을 시중에서 쉽게 구할 수 있다고?"

"일반 용병들이나 사냥꾼들을 위해 무구점에서 판매합니다."

"젠장! 다른 것은 없나?"

보고를 받은 남자는 화살을 내던지고는 거칠게 물었다. 곧한 남자가 나서서 다리에 큰 상처를 입은 시체를 가리켰다.

"듀라겐 남작님의 둘째 공자의 시신입니다. 보시다시피 창으로 두 다리를 동시에 꿰었습니다. 그리고 상처의 크기를 보아 꽂은 창대를 심하게 움직였습니다."

"죽기 전에?"

"죽기 전입니다."

"고문인가?"

"그런 것 같습니다."

"도대체 무엇을 알아내려고 그런 거지?"

"……"

그의 물음에 아무도 대답을 하지 못하고 침묵을 지켰다.

"남작님 나오십니다!"

시종의 알림과 함께 건장한 중년의 남성이 사내들이 모인 곳으로 걸어왔다.

"뭐 알아낸 것이 있나?"

"죄송합니다, 니겐 남작님."

남작이 나오기 전까지 사내들을 움직이던 남자가 고개를 숙이며 말했다.

"빨리 알아야 할 것이오, 티롤 단장. 이 근방 다섯 영지의 지배자이신 로인 백작님의 공자도 피해자요. 아시겠소?"

"알겠습니다. 꼭 알아내겠습니다."

다짐을 받은 남작은 시체들에서 찾아낸 유품을 살피기 시작했다. 한참을 살피던 남작은 7장의 카드를 발견하고는 티롤에게 물었다.

"이것들은 무엇인가?"

"시신들에서 나왔습니다."

카드를 들어 살피던 남작은 카드에 새겨진 그림을 유심히 보다가 다른 카드들의 그림들도 확인하기 시작했다.

"설마……"

손에 든 카드에 그려진 그림을 확인한 남작은 기겁을 하고

는 다른 카드들까지 확인했다. 7장의 카드 모두를 확인한 남작
은 티롤을 불렀다.

"단장! 이 카드들의 그림은 확인한 것인가?"

"그렇습니다만?"

"그럼 이 카드들의 그림이 무엇인지 모르나?"

남작의 날이 잔뜩 선 물음에 티롤 단장은 진땀을 흘리며 대
답했다.

"공자님들의 모임을 뜻하는 것으로 생각했습니다."

"진품이라는 생각은 못하고?"

"헌터의 전설은 아이들의 동화에나 나오는 것 아닙니까?"

"자네, 지금 그걸 말이라고 하나!"

"죄, 죄송합니다!"

남작의 호통에 티롤은 거듭 죄송하다는 말만을 되풀이했다.
분을 참지 못해 씩씩거리는 남작에게 시종이 허겁지겁 달려왔
다.

"백작님이 오셨습니다!"

"뭐라! 지금 어디에 모셨느냐! 빨리 앞장서거라!"

시종의 뒤를 따라 회랑을 걷던 남작은 도중에 백작과 마주
쳤다. 백작을 본 남작은 급히 고개를 숙였다.

"제대로 모시지 못해 죄송합니다."

"괜찮네. 그런데 어디 있나?"

"이쪽입니다."

남작의 안내를 받으며 백작은 시체들이 있는 곳으로 향했다. 관에 들어 있는 아들의 시체를 본 백작이 작게 중얼거렸다.

"못난 놈. 이보게, 남작. 다른 이들을 좀 치워주겠나? 자네는 좀 남고."

"알겠습니다."

대답을 한 남작의 손짓에 실내에 있던 티롤 단장과 기사들, 시종들이 모두 밖으로 나갔다. 그러는 동안 아들의 시체를 살피던 백작이 남작을 돌아봤다.

"자네 아들도 함께였다고 들었네."

"저쪽에 있습니다."

"조의를 표하네."

"아닙니다. 오히려 제 불찰입니다. 공자님의 주변을 좀 더 잘 살펴야 했습니다."

"뭐, 죽은 놈은 어쩔 수 없지. 아직 아들은 넷이 더 있으니까. 장남이라는 좋은 패였는데 좀 아깝군. 자네는 안 그런가?"

"제 자식 놈은 차남이었으니까요. 어디 백작님만 하겠습니까."

남작의 말에 백작은 그의 어깨를 두들기며 몸을 가까이 했다.

"우리도 그랬지만 귀족가의 자식들이란 정치적 흥정에 필요한 카드들이지. 그렇기 때문에 불의의 사고를 겪는 일도 일상다반사야. 하지만, 하지만 말일세. 귀족은 죽을 때도 귀족다

워야 한다네. 그렇지 않나?”

“그렇습니다.”

남작의 대답을 들은 백작은 다시 그의 어깨를 두들기고는 몸을 돌렸다.

“자, 어디 어떤 놈들의 소행인지 들어보고 싶네. 귀족의 죽음은 비싸니까.”

“알겠습니다.”

*　　*　　*

백작이 제일 상석에 앉은 가운데, 이번 사건으로 죽은 소년들의 아버지들이 한 자리에 모였다.

니겐 남작과 티롤 단장은 그들에게 이번 사건을 설명하고 있었다.

“……그러니까 범인은 한 사람으로 예상된다는 것인가?”

“그렇습니다. 사건 발생 전, 공자님들은 산적의 은거지를 토벌한다며 출정을 하셨습니다. 호위대와 같이 가실 것을 조언했습니다만, 공자님들은 이제 막 자리를 잡은 소규모의 산적들이라며 거절하셨습니다.”

“그럼, 그 애들은 어디에서 그런 정보를 얻었지?”

“프레데릭스버그로 외유를 나가셨다가 얻으셨다고 합니다.”

“프레데릭스버그 시장은 뭐라 하던가?”

“자기는 모르는 일이라고 합니다. 공자님들이 보여준 요청서를 보여주고 시정 기록을 살펴보았지만 연관되는 기록은 없었습니다.”

“흐음…….”

티롤의 답변에 로인 백작은 턱을 쓰다듬으며 콧소리를 냈다.

“그렇다면 도대체 어디에서 산적들의 은거지라는 말과 협조 요청서가 튀어 나온 것이지? 그리고 저렇게 어린애들이 산적들을 제대로 잡기는 잡았나?”

“그것이…….”

백작의 물음에 티롤 단장은 말을 흐리며 눈치를 보기 시작했다.

“말을 해 보시게.”

“저…… 그것이…… 화전민촌이었습니다.”

“확실한가?”

“마을의 크기와 근처에 만들어진 경작지, 그리고 위치로 봐서 화전민 촌이었습니다. 규모는 약 70여명이 살았던 것으로 확인되고 있습니다.”

“그러니까, 산적이 상대가 아니라 화전민을 상대로 했다는 것이냐?”

“그렇습니다.”

“후우~.”

티롤 단장의 대답에 백작은 이마에 손을 얹고는 한숨을 쉬었다. 다른 영주들 또한 비슷한 자세로 한숨만을 쉬어대고 있었다.

그런 가운데 티롤의 보고가 이어졌다.

“사고가 있기 전까지 공자님들은 프레데릭스버그에 있는 술집에 자주 출입하셨습니다.”

“자주라면 얼마나?”

“주 4회 정도입니다.”

“왕복하는 시간을 따지자면 거의 매일 갔다는 소리군. 어쩐지 지출이 많다고 생각했어…….”

“특이사항은 이 술집이 최고급의 술집으로서, 시청의 관계자들, 그것도 고위 실무진들이 많이 출입한다는 것입니다.”

“그들이 무슨 돈이 있어서?”

“술집 사장이 그들에겐 최고의 편의를 제공했다는 후문입니다.”

티롤의 보고에 로인 백작이 손을 들어 보고를 중지시켰다.

“그럼 그 술집 사장을 통해서 공문서 위조를 했다는 것인가?”

“그렇다고 생각됩니다. 그래서 과연 시청의 누가 그 요청서를 위조해 주었는지 조사를 계속하고 있습니다.”

“조사를 계속하고 있다니? 사장이 불지를 않고 있나?”

“사흘 전, 문제의 술집이 화재로 전소되었습니다. 생존자는 없습니다.”

“공교롭군. 아주 공교로워.”

티롤의 보고에 백작은 의문을 표했다.

“죽은 애들에게 공문서를 위조해 준 술집이 화재로 전소라. 그것도 때를 맞춰서, 거기에 단 하나의 생존자도 없다? 말이 된다고 보나?”

“그 점에 대해서는 지금도 조사를 계속하고 있습니다.”

“최. 대. 한. 빨. 리. 결과를 알고 싶군.”

“최선을 다하겠습니다.”

티롤 단장의 보고가 끝나자, 니겐 남작이 로인 백작에게 카드를 내밀었다.

“이것이 무엇인가?”

“시체에서 나온 것입니다. 무슨 그림인지 아시겠습니까?”

주의 깊게 그림을 보던 백작의 눈이 점점 크게 떠졌다.

“설마, 이거!”

“그런 것 같습니다.”

“이거 아이들의 이야깃거리에 불과한 거 아니었던가?”

“그렇게 믿어왔었습니다.”

남작의 말을 들으며 카드를 살피던 백작은 고개를 절레절레 흔들고는 카드를 내던졌다.

“이야깃거리는 이야깃거리일 뿐이네. 이것은 사건을 벌인

집단에서 흔적을 없애기 위해 만든 것일 뿐이야. 제이너스 공작파라면 이런 짓을 벌이고도 남아."

남작의 주장을 각하한 백작은 자리에 모인 영주들을 돌아봤다.

"여러분, 제이너스 공작파에서 우리를 치기 위해 일을 벌이기 시작한 것 같소. 아시다시피 여러분들의 영지는 남부의 곡창지대이자 남부 지역의 경제 중심이오. 나는 돌프 공작께 이 일을 보고할 것이니, 여러분들은 각자의 영지를 최대한 살피기 바라오."

"알겠습니다."

백작의 결정을 들은 영주들은 곧 자리에서 일어나 각자의 영지로 돌아갈 채비를 하기 시작했다. 하지만 니겔 남작은 로인 백작을 붙잡았다.

"백작님, 외람된 말씀입니다만……."

"나도 아네. 사냥꾼일 확률을 무시할 수 없다, 이거 아닌가?"

"그렇습니다."

"하지만 그것을 인정하는 것이 불러올 여파를 아는가? 이것은 우리들의 명예가 달린 일이야. 만약 진짜로 사냥꾼에게 당했다고 해도 우리는 인정을 해서는 안 될 일인 것이야. 자네나 나 역시 자식 놈들이 얼마나 기도 안 차는 난봉질을 벌였는지 잘 아네. 하지만, 그렇다고 인정할 수는 없지."

“…….”

“거기에 화재로 모든 것이 재가 된 술집이 나는 계속 걸리네. 때를 너무 잘 맞췄어.”

“사냥꾼의 소행 아닐까요?”

“사냥꾼이 그런 잔챙이를 노리던가?”

“하지만, 그렇다고 하기엔 때를 너무 잘 맞추었습니다. 사건 발생과 동시에 화재라니……. 차라리 저였다면 버텼을 것입니다.”

“끽해야 공문서 위조만 인정하고 말이지?”

“그렇습니다.”

“하지만 그 공문서 위조를 통해 화전민들을 학살하는 일이 벌어졌네. 물론 화전민들이 법을 어긴 존재이기는 하나 비도덕적 처사라는 비난을 피하기는 어렵지. 거기에 술집에서의 난행까지 곁들여진다면 사냥꾼과도 비견될 만한 치명타야. 그럴 경우엔 우리가 먼저 나서서 술집을 처리했을 걸? 안 그런가?”

“그렇군요.”

남작이 납득하고 물러나자, 백작은 테이블 위에 있던 카드들을 모아 품에 넣었다.

“어찌되었든 우리 애들이 죽은 것은 사실이네. 그렇다면 우리는 이것을 우리에게 유리한 방향으로 이용해야 하네. 사냥꾼이네 뭐네 하면서 우리 무덤을 파는 일은 피해야지. 오히려 우리로선 좀 더 강하게 상대를 압박해야 하네."

"사냥꾼의 소행이란 확증이 없는 것처럼, 저들의 소행이란 확증 또한 없습니다."

"만들어내야지. 그것은 내가 공작님과 상의해 보겠네."

"알겠습니다."

남작이 고개를 숙이자, 백작은 추가로 명령을 내렸다.

"우선 최대한의 정황 증거들을 모으게. 화전민촌의 집들을 모조리 들고 오고, 술집의 재 한 톨까지 그러모으는 한이 있더라도 모을 수 있는 것은 다 모아야 하네. 알겠나?"

"예."

"그리고, 프레데릭스버그에 들고 난 뜨내기들에 관한 정보들을 모을 수 있는 대로 모으게. 만약 진짜 사냥꾼이라면 우리가 이용할 수 있는 방향으로 써먹어야 하지 않겠나?"

"예?"

"우리 자식들 같은 망할 종자들이 우리에게만 있겠나? 진짜로 사냥꾼이 떴다면 그들도 무사히 넘어가지 않겠지."

"아! 맡겨주십쇼!"

백작의 말을 들은 남작은 반색을 하며 대답했다. 백작은 남작의 어깨를 가볍게 두들겼다.

"자네만 믿겠네. 어떻게 보면 우리들의 거사는 이번 일로 시작되는 것일지 모르네. 자네도 계속 남작으로만 있고 싶지는 않겠지?"

“백작님과 공작님께 충성을 다하겠습니다!”

“믿겠네.”

백작이 내민 당근에 남작은 충성을 다짐했고, 남작의 충성 서약을 받은 백작은 만족한 표정으로 회의실을 나섰다.

*　　　*　　　*

니겐 남작의 영지를 떠난 로인 백작은 전속으로 수도 듀넨 버그를 향해 달렸다.

성문을 통과한 로인 백작은 고급 주택가로 말을 몰았다.

정문을 지키던 위병은 백작을 알아보고는 문을 열었고, 로인 백작은 급히 말을 몰아 저택의 현관으로 향했다. 마중을 나온 하인에게 말고삐를 넘겨주며 백작이 물었다.

“공작 각하는 계신가?”

“지금 기다리고 계십니다. 이쪽으로 오시지요.”

하인을 대신해 대답을 한 집사는 백작을 서재로 안내했다. 서재에는 이미 공작이 기다리고 있었다.

“그동안 강녕하셨습니까?”

“그럭저럭 잘 지냈지. 자식 일은 안 되었네. 뭐라 할 말이 없구먼.”

“아닙니다. 신경 써주셔서 감사합니다.”

공작이 조의를 표하자, 백작은 깊이 고개를 숙이며 감사를 표했다.

공작은 이미 꺼내놓은 술잔에 술을 따라 백작에게 건넸다. 손에 든 술잔을 바라보며 그는 본론을 꺼냈다.

"그런데 자네 자식과 관련돼서 좀 안 좋은 소문이 들리더군."

"안 좋은 소문이라 하시면……."

"사냥꾼에게 당했다는 소문이 돌더군."

"헉!"

"벌써부터 죽은 아이들이 벌였던 일들에 대한 소문이 사교계에 돌고 있네. 지금은 사교계의 소문뿐이지만, 언제 정계에서 칼날이 될지 모르는 상황이네."

공작의 말에 남작은 주머니에서 카드들을 꺼내었다.

"이것이 아이들에게서 나온 카드들입니다. 이 카드들을 본 사람은 시체를 발견하고 유품을 정리한 기사들과 남작 외에는 없습니다. 그런데 벌써 사냥꾼의 소문이 돈다면, 이것은 저들이 작정한 것이라고 볼 수밖에 없습니다."

"흐음……. 과연. 과연 로인 백작이야. 확실히 냄새가 강하게 나는군."

"사건이 벌어진 니겐 남작의 영지와 프레데릭스버그에서 수도까지 오자면 도보로 두 달은 걸리는 거리입니다. 사람의 입이 사람의 발보다 빠를 수는 없는 법입니다. 그런데 벌써 소문이 돌 정도라면 이것은 미리 준비를 했다는 뜻입니다."

　로인 백작은 점점 더 강하게 음모론을 주장하기 시작했다. 가만히 백작의 이야기를 듣던 돌프 공작이 고개를 주억거렸다.

　"그렇군. 일리가 있어. 가만, 그러고 보니…… 이번에 자네가 오면 이야기할 것이 있었지. 자네도 마한 백작의 장남 알지?"

　"빅토르 마한을 말씀하시는 것입니까?"

　"맞네. 그가 죽었네."

　"아쉽군요. 제이너스 공작과 마한 백작의 상심이 컸겠군요. 장래의 마스터이자 군의 핵심이 될 인재로 알려졌었는데…… 설마?"

　"설마가 맞네. 빅토르 마한이 죽은 곳에서도 카드가 발견되었다는 소문이네."

　"정말입니까?"

　"사실인지는 확인할 수가 없네. 우리가 그 카드를 본 것도 아니니 말일세. 하지만, 내가 가진 비선에서 올라온 정보에 의하면 지난 5년 사이에 남작령에서 죽은 이들의 수가 200을 넘는다고 하네. 그 5년이라는 시간은 빅토르 마한의 검술 실력이 비약적으로 발전한 시기와 맞물리지. 재미있지 않나?"

　"그렇다면, 저쪽은 진짜 사냥꾼에 당했을 확률이 높군요. 저쪽에서 그 사실을 흐리기 위해 우리 쪽에 공작을 편 것일까요?"

“그럴 가능성이 높지.”

“그럼 가만히 손 놓고 있다가 당할 수는 없겠군요.”

“이미 비선에 알려놓았네. 필요한 정보 수집과 공작이 이어질 것일세.”

공작은 자신과 백작의 빈 잔에 술을 따랐다. 술잔을 손에 쥔 백작은 혀를 찼다.

“빅토르 마한도 그렇고, 제 자식 놈도 그렇고. 참 쉽게 사람을 죽이고 다녔군요.”

“평화의 때니까.”

“예?”

“이 대륙에서 국가 사이의 전쟁이 마지막으로 벌어졌던 때가 언제인지 아나? 50년 전일세. 그리고 사냥꾼으로 인해 전 대륙이 뒤집어졌던 것은 100년 전이야. 기사들은 자신의 검이 누구를 향해 휘둘러져야 하는지 잊었네. 그러니 이런 일이 벌어지는 거야.”

공작의 말을 들으며 백작은 묵묵히 술잔을 비웠다. 잔을 내려놓은 백작은 일어서며 공작에게 예를 취했다.

“그럼 가보겠습니다. 내일 정회에서 뵙겠습니다.”

“그래. 푹 쉬게.”

＊　　　＊　　　＊

　　귀족들이 음모를 만들어 가고 있을 때, 듀넨버그에 있는 왕
궁 옥상에서는 한 남자가 하늘을 바라보고 있었다. 향도성 옆
에서 붉게 빛나는 별을 보면서 남자는 미소를 지었다.
　　"언제나 찬란하게 빛나는 구나. 내게 천하를 줄 별이여."

6장
인귀 마법사

Hunter
Age

인귀 마법사

잘 닦인 관도를 한 대의 포장마차가 한가롭게 달리고 있다. 평범한 포장마차의 마부석에는 보리스가 앉아 있었고, 짐칸에는 마리가 침낭을 깔개로 삼아 편하게 누워 있었다.

"마리, 너에게 약을 먹인 마법사는 누구야?"

"몰라. 사장이 굽실거렸던 것으로 봐서는 상당히 잘 나가는 마법사였던 것 같아."

"그런 잘 나가는 마법사가 왜 그런 약을 만들어 먹이냐?"

"그 치가 약 먹고 나서 내 첫 고객이었어."

마리의 대답에 보리스는 머리를 흔들었다.

"엿 같은 세상이로군."

"이제 알았어? 뭘 그렇게 새삼스럽게 놀라? 네가 무슨 도덕 군자야?"

보리스의 반응에 마리가 비아냥 거렸다.

마리의 비아냥 거림에 보리스는 입을 다물고 얼굴을 굳혔다. 보리스가 신경질적으로 고삐를 채자 마차를 끄는 말의 속도가 빨라졌고 흔들리는 마차로 인해 마리가 비명을 질러댔다.

"꺄악! 살살 몰아!"

"편하게 잘려면 어쩔 수 없어!"

작은 소란 속에 하루가 지나가고, 둘은 관도 옆에 마련된 작은 공터에 캠프를 차렸다.

말을 풀어 근처 나무에 묶고, 작은 양동이에 물을 담아 목을 축이게 해놓은 보리스는 곧이어 마리와 자신이 잘 자리를 만들었다.

모닥불을 피워 늦은 저녁을 준비한 보리스는 마차에 있는 마리에게 손짓했다.

"와서 앉아. 저녁 먹어야지."

"응."

시장했는지 마리는 허겁지겁 식사를 했다.

설거지까지 마친 보리스는 모닥불 옆에 앉아 하늘을 바라봤다.

"뭘 봐?"

"별."

"별? 어떤 별?"

"저기에 있는 붉은 별."

보리스가 가리킨 방향으로 눈을 들었던 마리는 곧 고개를 저었다.

"난 안 보여."

"그럴 거야. 나와 몇몇에게만 보이는 거니까."

"까탈스런 별이네."

"역겨운 별이야."

"그럼 안 보면 되잖아?"

"그럴 수가 없어. 저 별이 떠있는 한 내가 맡은 일을 해야 하니까."

"일?"

"나를 너와 만나게 한 일."

"아!"

보리스의 말에 마리는 보리스를 처음 만났던 때를 기억하고는 몸을 떨었다. 가까스로 진정한 마리가 보리스에게 물었다.

"그 일을 계속해야 해?"

"내게 무술을 가르쳐 준 사문에 내려오는 일이니까."

"안 하면 안 돼?"

마리의 물음에 보리스는 하늘의 붉은 별을 다시 바라봤다.

"평생 하늘을 안 보고 살 수는 없잖아."

"때로는 양심의 가책이 있더라도 할 수 없는 일이 있잖아!"

마리의 말에 보리스는 피식 웃고는 그녀의 머리를 쓰다듬었다.

"양심의 가책 때문에 저 하늘을 못 본다는 것이 아니야. 저 역겨운 붉은 별은 내가 일을 안 하면 안 할수록 점점 더 강하게 빛날 거야. 그럼 나는 견딜 수 없겠지. 그래서 하는 거야. 내가 배운 것은 내 최강의 카드이기도 하지만, 나의 족쇄이기도 하거든."

"으응……."

보리스의 말에 마리는 알 수 없다는 표정으로 보리스가 보던 방향의 하늘을 쳐다봤지만 보리스가 말한 붉은 별은 여전히 볼 수가 없었다.

보리스는 붉은 별을 보기 위해 애쓰는 마리의 머리를 짓궂게 쓰다듬었다.

"왜에~."

"늦었어. 자라."

말을 마친 보리스가 엉덩이를 털고 일어나 자기 잠자리로 걸어가자, 마리는 그의 뒤를 쪼르르 따라갔다.

자신의 담요 속으로 냉큼 들어오는 마리를 보고 보리스는 한숨을 쉬었다.

"너 애기냐? 혼자서 못 자?"

"하지만 보리스의 품에서 자면 편하게 잘 수 있거든. 처음

손님을 받은 이후로 나 밤에 잠을 잘 못 자. 언제나 작은 소리
에도 깨곤 했는데 보리스의 품에선 그렇지가 않거든.”

　말과 동시에 더욱 품속으로 파고드는 마리의 행동에 보리스
는 백기를 들고 말았다.

　“그래, 자라 자. 내가 침대가 돼주마.”

*　　　*　　　*

　늦은 아침 식사를 마친 둘은 마차를 몰고 다시 길을 나섰다.
　“어디까지 가야 해?”
　“글쎄…….”
　마리의 물음에 보리스는 어깨만을 으쓱해 보였다.
　“그럼 언제까지 그 일을 해야 하는 거야?”
　“그것도 잘 모르겠네……. 저 하늘의 별이 더 이상 날 괴롭
히지 않을 때까지니까. 왜, 지겨워?”
　“아니. 난 보리스의 따뜻한 품만 있으면 돼. 약을 만든 마법
사를 만나기 전까지는 자라지도 늙지도 않을 테니까.”
　보리스의 옆에 앉은 마리는 대답과 함께 그의 어깨에 머리
를 기댔다. 보리스는 작게 미소를 지으며 왼손으로 마리의 머
리를 쓰다듬었다.
　평안한 표정으로 주변의 경치를 살피며 마차를 몰던 보리스
의 얼굴이 굳어지기 시작했다. 이정표가 있는 갈림길에 보리

스가 아는 한 사람이 서 있었다.

"마리, 잠깐 들어가 있어."

"응? 으응."

보리스의 굳어진 표정과 말투에 마리는 재빨리 짐칸으로 자리를 옮겼다.

"절대 밖을 내다보면 안 돼."

"알았어."

보리스의 말에 마리는 짐들 사이로 몸을 숨겼다. 이정표 앞에서 다가오는 마차를 보고 있던 남자는 마차가 완전히 서자, 손을 들어 아는 체를 했다.

"여~, 오랜만이야."

"별로 반갑지는 않군."

보리스의 날선 대답에도 남자는 미소를 지으며 마부석에 올랐다.

"하지만 어쩌겠어? 저 망할 놈의 별이 환하게 빛나는 동안은 계속해서 봐야 하는데. 그런데 그 아가씨는 안에 있나?"

"안에 있어. 당신 얼굴을 보게 하고 싶지 않으니까."

"나 역시야. 나 역시 기운을 느끼는 법을……."

"어디로 가야 해?"

남자의 말을 끊으며 거칠게 튀어나온 보리스의 물음에 남자는 쓴웃음을 짓고는 이정표의 오른쪽을 가리켰다.

"이 길로 계속 가. 계속 가다보면 아인토벤이란 도시가 나올 거야."

"그곳이야?"

"그 근처. 더 이상은 자세히 확인하지 못했어."

사내의 말에 보리스는 마차를 우측으로 몰았다. 마차가 우측 길로 들어서자 남자는 마부석에서 몸을 일으켰다.

"같이 안 가나?"

"아까 대답을 마저 할까?"

"잘 가."

"지난 번 보다 많이 밝아졌군. 보기 좋은데? 혹시 그런 취향이야?"

"죽고 싶냐?"

보리스의 으르렁거림에도 불구하고 남자는 미소를 잃지 않았다. 마차에서 내리려던 그는 가볍게 자신의 이마를 쳤다.

"아! 깜박했다!"

"또 뭐?"

남자는 품에서 신분패를 꺼내 보리스에게 주었다.

"이거, 저 아가씨 신분패. 나이는 12살로 만들어놨으니까, 어디 가서 의심받지는 않을 거야."

"고맙군."

"별 말씀을."

짧은 대화가 끝나고 남자는 마차에서 뛰어내렸다. 마차에서 내린 남자는 보리스에게 손을 흔들며 마지막 당부를 했다.

"조심해. 이번 상대는 칼잡이가 아닌 것 같아."

"주의하지."

"아인토벤에서 보자고!"

떠나가는 마차를 향해 손을 흔들던 남자는 마차가 사라지자 몸을 돌렸다.

보리스가 간 길의 반대 방향으로 걸음을 옮기는 남자의 얼굴에는 어느새 미소가 사라져 있었다.

이정표가 가리키는 왼쪽 길로 10여 분 정도 걸어간 남자는 길 옆 숲으로 들어섰다.

숲 속 공터에는 두 마리의 말이 있었고, 한 남자가 말들을 지키고 있었다. 그는 공터로 들어오는 남자를 보자 고개를 숙였다.

"수고하셨습니다."

"오래 기다렸나?"

"아닙니다."

"그럼 우리도 슬슬 준비하지. 새로 들어온 소식 있나?"

남자가 묻자, 기다리고 있던 남자가 둘둘 말린 양피지를 내밀었다.

"두 공작에게서 동시에 들어온 요청입니다. 상대방 진영에서 인귀로 의심되는 자들을 조사해 달라는 요청입니다. 그리고 빅토르 마한의 살인범에 대한 정보를 요구하고 있습니다."

"일곱 난봉꾼에 대한 정보는?"

“제이너스 공작 쪽에서는 사냥꾼의 짓으로 여기고 있고, 돌
프 공작 쪽에서는 상대파의 공작으로 생각하고 있습니다. 물
흐리기가 성공한 듯합니다.”

“훗!”

보고를 들으며 양피지를 읽어 나가던 남자는 짧게 코웃음을
쳤다.

“소소한 잡귀들은 이것으로 정리할 수 있겠군. 정보 잘 추려
서 갖다 주라고 해.”

“알겠습니다.”

일을 끝낸 남자는 말에 올라탔다.

“아인토벤에서 보지.”

“알겠습니다. 그곳에서 뵙겠습니다.”

할 일이 끝난 두 사람을 태운 말은 서로 반대 방향으로 달리
기 시작했다.

*　　　*　　　*

일주일의 시간이 걸려 보리스와 마리는 아인토벤에 도착했
다. 도시의 성문에서 둘은 의외로 꼼꼼한 검문을 받아야했다.

“신분증.”

“여기 있습니다.”

자신과 마리의 신분증과 더불어 자신의 용병패까지 제출하

자, 병사는 그 신분패들을 꼼꼼히 살폈다.

"무슨 일이 있습니까?"

지나쳤던 도시에서와는 달리 신분패를 꼼꼼히 살피는 병사에게 보리스가 물었다. 병사는 신분패들을 돌려주며 대답을 했다.

"요새 사냥꾼이 난리라잖아."

"사냥꾼이요? 짐승들을 잡는 사냥꾼이 왜요?"

보리스가 되묻자, 병사는 '뭐 이런 놈이 다 있나?' 라는 표정으로 보리스를 쳐다봤다.

"자네 옛날이야기도 안 들어봤나?"

병사의 물음에 보리스는 순박한 미소를 지으며 머리만 벅벅 긁어댔다. 그 모습에 병사는 한숨을 내쉬었다.

"어느 촌구석에서 살다 왔기에 그 이야기를 몰라? 밤에 유령처럼 들어와 잘난 사람 사냥한다는 사냥꾼. 몰라?"

"들어본 적이 없네요. 헤헤헤헤."

"진짜 촌놈인가 보네. 좌우지간 그런 사냥꾼이 떴다고 요새 왕국 전체가 뒤집어졌어. 덕분에 나 같은 문지기들이 죽어나가는 거지."

"그런가요? 고생하시네요. 헤헤헤."

계속해서 사람 좋은 웃음을 흘리는 보리스를 어이없는 눈으로 바라보던 병사는 한 걸음 뒤로 물러섰다.

"통과!"

“감사합니다아~.”

허리를 깊이 숙여 보인 보리스는 성문을 통과해 도시로 들어섰다. 옆에 앉아서 그 모양을 보던 마리가 보리스에게 물었다.

“도대체 어느 것이 진짜야?”

“뭐가?”

“방금 그렇게 헤실헤실 웃는 거하고…….”

마리는 오른손 검지를 미간에 갖다 대고 인상을 찌푸리며 물었다.

“이렇게 맨날 미간에 힘 빡주고 있거나 무표정하게 있는 거하고, 어느 것이 진짜야?”

마리의 행동에 보리스는 피식 웃었다. 장난스럽게 마리의 머리를 흩으며 보리스가 대답했다.

“글쎄다……. 어느 것이 진짜일까나?”

여관에 방을 잡은 보리스와 마리는 번화가로 나섰다.

“나 옷 좀 사줘.”

“옷?”

“응. 옷 좀 사줘.”

“트렁크에 몇 벌 있잖아. 그런데 또 사?”

난데없는 마리의 옷 타령에 보리스가 황당함을 지우지 못하고 되묻자, 마리는 자신의 치마를 팔랑거리며 설명을 했다.

“이제부터 당분간은 밤낮없이 바쁠 거 아냐?”

“그렇겠지.”

“그럼 나는 어떻게 해야 할까?”

“…….”

“내 안전을 나 혼자서 지킬 수 있을 거라고 생각해? 응? 응?”

마리가 다그치자, 보리스가 얼굴을 찌푸렸다.

“아니.”

“결론을 말하자면, 나 혼자서 있을 수 없으니 보리스를 따라다녀야 해. 그런데 이렇게 팔랑거리는 치마를 입고 쫓아다닐 수는 없잖아? 트렁크 안에 있는 옷들도 다 치마 종류니 새로 사야지. 안 그래?”

“……알았다. 사러 가자.”

마리의 설명에 반박할 것이 생각나지 않은 보리스는 결국 백기를 들고 옷가게로 걸어갔다.

딸랑!

“어서 오세요!”

“언니, 내가 입을 옷 좀 보여주세요!”

방울 소리와 함께 튀어나온 점원을 향해 마리는 방긋 웃으며 용건을 말했다.

한껏 귀여운 표정을 지으며 마리가 용건을 말하자, 점원은 귀여워 어쩔 줄 모르겠다는 표정을 지으며 옷을 꺼내놓기 시작했다.

"그래~~ 어떤 옷이 좋을까나? 이거 어때? 이거는? 이거는?"

"이야~ 이쁘다! 와아~. 꺄~."

여러 옷들을 꺼내 놓는 점원과 그에 화답하듯이 온갖 감탄사를 늘어놓는 마리를 보면서 보리스는 한숨을 쉬었다.

"내일이면 스물이 넘을 녀석이 하는 짓이라곤……."

그날 저녁, 늦어서야 보리스와 마리는 여관으로 돌아올 수 있었다. 팔팔하게 기운이 넘쳐 돌아오는 마리와는 달리 보리스는 양손에 짐 보따리를 들고 파김치가 되어서 돌아왔다.

방에 돌아온 보리스는 짐 보따리를 아무렇게나 던져 놓고는 침대에 몸을 던졌다.

"내 다시는 쇼핑에 안 따라간다……."

"왜? 좋지 않았어?"

"개뿔이……."

보리스가 그렇게 투덜거리는 동안에도 마리는 사온 옷들을 갈아입고는 거울 앞에서 여러 자세를 잡아대고 있었다.

"좀 안 보이는데서 갈아입어!"

"어때? 난 아직 어린 아이라고. 보리스, 설마? 그쪽이야?"

보리스가 훌렁훌렁 옷을 벗어대는 마리에게 주의를 주자, 마리는 겉옷으로 몸을 가리는 시늉을 하면서 과장된 표정으로 물었다.

보리스는 얼굴이 벌개져서는 문을 열고 나갔다.

"내가 나가 마!"

쾅!

거칠게 닫은 문 너머로 마리의 웃음소리가 들렸고, 보리스는 문 앞에 주저앉아 머리를 거칠게 긁어대며 중얼거렸다.

"젠장……. 어린애 몸을 보고 왜 가슴이 뛰냐고. 너 변태냐? 반성해라, 보리스."

딸깍!

"다 입었어. 어때?"

문을 열고 나온 마리는 가죽으로 만들어진 튼튼한 여행복을 입고 있었다.

무두질로 문양이 새겨진 가죽 옷은 마리의 귀여움을 한층 강조하고 있었다. 허리를 굽혀 주저앉아 있는 보리스와 시선을 맞춘 마리가 다시 물었다.

"어때?"

"괜찮군."

"부우~. 어째 매번 괜찮다야? 다른 말 없어? '섹시하다' 라던가……."

"귀엽군. 자! 밥 먹으러 가자!"

짧게 대답한 보리스는 후다닥 일어서면서 붉게 물든 얼굴을 감췄다.

*　　　*　　　*

다음 날부터 보리스와 마리는 도시의 여기저기를 돌아다니기 시작했다.

"왜 이렇게 돌아다니는 거야?"

"정보를 얻기 위해서."

"길드에 가면 되잖아?"

"길드를 통해서 얻을 수 있다면 이미 나에게 정보가 왔겠지."

도시 여기저기에 있는 술집들과 식당, 시장을 돌아다니느라 지친 마리가 여관에 돌아와 저녁을 먹으며 보리스에게 불만을 토로하자 보리스는 그 이유를 설명했다.

보리스의 설명이 끝나자, 한 노인이 둘의 테이블로 다가와 앉았다.

"그의 말이 맞아, 꼬마 아가씨."

"할아버지는 누구?"

"뭐 건졌어?"

마리가 보리스 옆으로 앉으며 묻는 것과 동시에 보리스가 차가운 목소리로 물었다. 마리가 보리스의 옆구리를 쿡쿡 찔렀다.

"할아버지잖아~."

"저 얼굴이 진짜라면."

보리스의 말에 노인은 난처한 표정을 지었다.

"이런~ 나름대로 신경 쓴 것인데. 그렇게 티가 나나?"

"다른 사람이라면 모를 걸."

짧게 말을 끊으며 보리스는 테이블 위로 손을 내밀었다.

"정보나 내놔."

"진짜 재미없는 친구일세. 아가씨는 어떻게 이런 친구하고 다니나?"

"마리한테는 안 그러는 걸? 베에~."

노인의 말에 마리는 혀를 내미는 것으로 응수를 했다. 보리스와 마리에게 연달아 면박을 당한 노인은 어깨를 으쓱하고는 자리에서 일어났다.

"방으로 가지."

노인의 말에 보리스와 마리는 자리에서 일어나 방으로 향했다.

보리스가 방문을 잠그자 노인은 테이블 위에 지도를 펼쳤다. 지도에는 많은 붉은색 점들이 표시되어 있었다.

"이 붉은색 점들은 사람들이 실종된 장소를 표시한 거야. 보다시피 도시의 서쪽과 남쪽에서 실종 사건이 주로 일어났지."

"서쪽과 남쪽에는 뭐가 있지?"

"성벽 안쪽에는 빈민가, 성벽 바깥에는 소작농들."

"이상하군."

"그렇지? 내 예상에는 이 동북쪽 숲이 수상해."

"이유는?"

"가장 최근에는 실종 사건의 많은 수가 이 동쪽과 북쪽에서
일어나고 있어. 성벽을 넘어서 조금만 가면 이 숲이야. 몸을
숨기기에는 딱 좋은 곳이지. 내 생각으로는 자신의 은거지를
들키지 않기 위해서 반대쪽에서 사람들을 납치하다가 도시의
경비가 심해지자 가까운 곳에서 사람들을 납치하는 것 같아."

"도시의 자경대나 이 도시를 움직이는 영주의 기사단들도
그 정도는 알 수 있을 걸?"

"이 숲에는 몬스터가 살고 있지. 사라진 빈민들 구한다고 이
숲에 들어갈 사람 좋은 자경대원이나 기사들이 있을 거라고
보나?"

"흐음……."

노인의 설명에 보리스는 손가락으로 테이블을 두들기며 생
각에 잠겼다.

"이해가 안 되는군. 이 도시로 들어올 때는 그런 이야기를
못 들었는데?"

"이봐. 납치된 사람들은 빈민들이야. 이런 일이 없더라도
하루에도 몇 명씩 길가의 시체로 인생이 끝나는 사람들인데
누가 관심을 쏟겠어."

"이곳에 들어올 때 검문이 심하더군. 영주나 시장이 연관되
었다는 정보는 없어?"

"아직은 없어. 그리고 검문에 관한 것은 당분간은 계속 이럴
거야. 윗자리에 앉아있는 놈들치고 뒤가 안 구린 녀석들은 없

으니까."

"앞으론 조심해야겠군. 알았어. 오늘 밤부터 조사를 해 보지."

결론을 내린 보리스는 자리에서 일어나 방문을 열었다. 말없는 축객령에 노인은 자리에서 일어났다. 방을 나서기 직전 노인은 보리스에게 작게 물었다.

"저 아이, 마리, 많이 좋아졌군. 자네 힘인가?"

"아나?"

"프레데릭스버그 근처 돈 많은 변태들 사이에서는 잘 알려져 있.었.지. 지금은 죽은 것으로 소문나서 '환상 속의 그녀'가 되었지만."

"그럼 죽은 것으로 알아."

"그렇게 해 주지. 궁금한 것은 저 아이가 실제로는 아가씨라는 거야. 알고 있지?"

"알아. 댁도 알고, 나도 알고, 마리도 알지."

"결론은 몸을 나이에 맞추는 것이 아니라 몸에 나이를 맞추기로 한 것인가?"

"어쩔 수 없잖아? 당장 마리를 저렇게 만든 마법사를 찾을 수 있는 것도 아니니까. 정보 있어?"

"없어. 마법사들의 사생활에 관한 정보는 교황의 사생활에 관한 정보를 얻기보다 어려워. 하지만 노력은 해 보지."

대답과 함께 보리스의 어깨를 가볍게 두들긴 노인은 방을 나서려 했지만, 이번에는 보리스가 말을 걸었다.

"지난번에는 그렇게 죽이자고 하더니 어쩐 일이야?"

"저 아이에게서 풍기는 기만으로 따지면 지금도 죽여 버리고 싶어. 하지만, 저 아이가 원해서 된 것은 아니니까. 그리고 사냥꾼인 너도 있으니까. 사냥꾼은 잡기도 잘 잡지만 길들이기도 잘하지 않나?"

노인의 말에 보리스는 피식 웃고는 노인의 어깨를 가볍게 두들겼다.

"정보나 부탁해."

노인을 배웅한 보리스가 방문을 닫고 돌아오자, 테이블에 엎드려 있던 마리가 고개를 들고 물었다.

"남자 둘이서 뭘 그렇게 숙덕거려?"

"너 못생겼다고."

"베에~."

"늦었다. 세수하고 자라."

보리스의 말에 마리는 잠옷을 들고는 가리개 뒤로 걸어갔다. 옷을 갈아입은 마리는 세면대에서 세수를 하고는 보리스의 침대로 올라와 시트를 손으로 두들겼다.

"보리스, 일루 와. 어서~."

"내가 네 곰돌이냐?"

"응."

마리의 당당한 대답에 보리스는 헛웃음을 지으며 침대에 올랐다. 보리스가 침대에 눕자 마리는 보리스의 품으로 파고들 었다.

"에헷. 좋다~~."

"에휴~."

불 꺼진 방안에는 만족한 듯이 웃는 마리의 웃음소리와 보리스의 한숨이 흘렀고, 잠시 후 잠든 마리의 숨소리만이 흘러나왔다.

마리가 완전히 잠이 든 것을 확인한 보리스는 창을 열고는 지붕으로 올라갔다.

그는 조용히 호흡을 안정시키고 정신을 가다듬으며 인귀의 기운을 살피기 시작했다. 여러 탁기 속에서 인귀의 기운을 찾기 위해 보리스는 계속해서 정신을 모았다.

눈을 감고 여러 기운들을 느끼는 보리스의 머릿속에서는 그의 주변에서 느껴지는 기들이 마치 파도처럼 몰려오거나, 거미줄처럼 퍼져 나가고 있었다.

그 가운데 보리스는 자신이 찾아야만 하는 인귀의 기운을 찾고 있었다.

한참 동안 인귀의 흔적을 찾던 보리스는 옅은 미소를 지었다. 어두운 붉은색의, 끈적끈적한 인귀의 기운이 느껴졌다.

"찾았다."

인귀의 기를 잡아낸 보리스는 그 기가 느껴지는 방향으로 시선을 돌렸다.

"향도성 바로 아래…… 정북쪽이군."

방향을 찾아낸 보리스는 만족한 표정을 지으며 지붕에서 내려왔다.

창을 통해 방 안으로 돌아온 보리스는 어느새 마리가 잠에서 깨어 있는 것을 발견했다. 눈에 눈물이 가득한 채 마리는 보리스에게 달려왔다.

"왜 일어났어?"

"보리스가 없잖아."

침실로 돌아온 보리스가 옆에 눕자, 마리는 보리스의 품에 깊이 파고들었다. 보리스는 그런 마리의 등을 부드럽게 토닥여줬다. 보리스가 옆에 있어서일까? 마리의 숨은 점차 고르고 부드러워지기 시작했다.

*　　　*　　　*

다음 날 아침이 되자, 보리스는 마리와 함께 여관을 나섰다. 큰길로 나온 보리스와 마리는 북쪽 시가지로 향했다.

북쪽 시가지로 들어선 보리스와 마리는 시가지 구경을 하는 양 천천히 길을 걸었다.

한참 동안 주변을 살피던 보리스는 구걸을 하고 앉아 있는 걸인 앞에서 걸음을 멈추고는 쭈그리고 앉아 걸인과 시선을 맞추었다.

"지난번에는 노인이더니 이번에는 걸인인가?"

보리스의 질문에 넝마로 얼굴을 가린 남자의 푸른 눈이 반
달을 그렸다.

"역시 사냥꾼이로군. 보통은 그냥 넘어가던데."

"예전에 살았던 곳에 이런 이들이 많았거든. 걸인치고는 아
직도 깨끗해."

"역시 이쪽인가?"

"어제 내가 찾은 것이 확실하다면 도시 정북쪽이야. 뭐가 있
지?"

"그 숲의 가장 깊은 곳."

"성 안에는?"

"언제나처럼 빈민가."

"새로운 소식은?"

"어제 또 2명이 실종되었어. 12살, 17살 자매. 부모가 자경
대에 신고했어."

"자세한 소식은 저녁때 듣지."

근처를 지나는 행인들의 눈치를 살핀 보리스는 동화 하나를
걸인의 깨진 그릇에 던져 넣고는 자리에서 일어났다.

땡그랑!

"고맙습니다! 복 받으세요!"

그날 저녁, 열린 창문으로 낮의 걸인으로 분장했던 남자가 들어왔다. 그 모습에 마리는 고개를 돌리며 투덜거렸다.

"이 방에 있는 남자들은 왜 문이 달려 있는지 모르는 사람들인가 봐."

"직업이 직업이니까."

"잘났다. 베~."

남자의 말에 마리는 혀를 내미는 것으로 대꾸했고, 보리스와 남자는 술잔과 지도를 앞에 놓고 이야기를 나누었다.

"실종된 지역은?"

"북쪽. 빈민가는 아니고 그보다 약간 살림이 있는 사람들이 사는 곳에서 사건이 일어났어. 그러니 자경대에 신고할 마음이 있었겠지."

"가출은 아니고?"

"여유가 없기는 해도 식구들끼리는 화목했다고 주변에서 수군거리더군. 덕분에 그 집 부모는 지금 제정신이 아니야."

"가 봤어?"

보리스의 물음에 남자는 말없이 술잔을 비웠다.

"가 봤군. 사라진 사람들의 공통점은?"

"초기는 모르겠고, 요즘 납치된 이들의 공통점은 어린애들이라는 거야. 그것도 아주 어린애들이 아니라 11살에서 14살 사이. 성비율도 남녀 거의 5:5야."

"자경대의 반응은?"

“순찰만 강화되었어. 뭐, 그게 그들의 최선일 수도 있겠지.”

남자의 말을 들으며 보리스는 지도를 계속 살폈다. 보리스는 지도에 표시된 숲을 가리켰다.

“이해가 안 되는 건, 이 숲에 있는 몬스터는 뭐야? 이 정도 규모의 도시와 옆에 딸린 농지의 규모라면 몬스터들은 거의 전멸되었어야 할 상황 아니야?”

“숲의 뒤를 막고 있는 그로스 산이 문제지. 숲과 산이 연결되어 있어서 쉽게 토벌이 힘들어. 다행인 것은 가장 큰 적인 오크가 없다는 정도? 주의하면 피할 수 있는 오우거나 트롤, 샤벨타이거가 몬스터의 주를 이루고 있고, 이 몬스터들 덕분에 산적들의 위험도 없어 주요 교역로의 허브가 될 수 있었어.”

“일장일단이 있군.”

“그게 세상이지. 언제 들어갈 거야?”

“모레 아침. 아! 부탁이 있어. 몇 명 지원 좀 해줘.”

“이유는?”

“마리.”

“네 옆이 가장 안전하지 않아?”

“조사할 때는 그렇겠지. 하지만 근거지로 들어가서 싸우게 되면 나도 저 아이의 안전을 보장할 수 없어. 그래서 부탁하는 거야. 바로 옆에서 호위해 달라는 것도 아니야. 만약 무슨 일이 생기면 들고 튀어달라는 거지. 가능하겠어?”

보리스의 요청에 남자는 고개를 끄덕였다.

"그렇게 하지. 우리 역시 자네 뒤를 따라야 할 필요가 있으니까."

"응?"

"자네가 잡는 인귀는 고부가가치 상품이야. 정확히는 인귀 그 자체가 아니라 그 인귀가 가지고 있는 재물이 고부가가치지. 빅토르 마한 건은 건진 것이 없었지만, 프레데릭스버그에선 화재 진압하는 과정에서 건진 것이 좀 많지. 그때야 도시 한복판이었으니까 우리가 좀 여유가 있었는데, 이번에는 숲 한가운데가 될 것 같으니 우리도 부지런히 따라가야 할 거야. 마법사라면 건질 것도 많으니까."

남자의 말을 듣던 보리스가 손을 들어 남자의 말을 끊었다.

"그러니까, 도둑질을 했다는 거야?"

"도둑질은 아니고, 사후 현장 정리하면서 부업을 좀 했다는 거지. 사냥꾼의 흔적도 좀 지우고, 우리 조직의 운영 자금도 확보하고. 몰이꾼들도 먹고 살아야 하잖아? 저 빌어먹을 별이 빛나고 사냥꾼이 뜨면서 우리 조직원 가운데 정보길드가 아닌 사람들 대다수가 생업을 포기한 상황이야. 가족이 있는 친구들도 많은데 그들도 가정을 유지할 수 있게 만들어줘야 하잖나? 구성 조직 중의 가장 큰 정보길드도 인귀와 관련된 일을 하느라고 영업 실적이 좋지가 않아."

"보는 법을 익힌 자가 있다고 하지 않았어?"

"전에도 말했듯이 실력이 좋은 친구들은 아니지. 그리고 자네에게 알려줄 수 있을 정도로 범위를 한정시키려면 우리도 발에 땀나게 뛰어야 해. 그러니 어느 정도 생활을 할 수 있을 정도는 지원해 줘야만 해."

"그런데 이번 건은 어째서 마법사라고 단정을 짓는 거야?"

"빅토르 마한이나 프레데릭스버그에서와 달리 도와주는 조직이 없어. 아무리 다 자라지 않은 아이들이라지만 사람 한둘을 제압해 들고 나를 수 있을 정도라면, 마법사 그것도 상당한 수준의 마법사야. 이 도시와 근처 영지를 다스리는 귀족은 문관 귀족이야. 자식들도 다 아카데미에 진학 중이고. 기사단이나 다른 무력 단체에도 혐의점이 없어. 그 점이 마법사라는 결론을 더욱 확실히 해 주지."

"대단한 분석이군."

"뭐, 이쪽 일 하다보면 이 정도는 해줘야 해. 안 그러면 정보를 제값 받고 팔지 못하거든."

"그도 그렇겠군. 그럼 모레 보자고."

보리스의 말이 끝나고 둘은 잔을 들어 건배를 했다.

잔을 내려놓은 남자는 보리스에게 빈 잔을 내밀었다. 보리스가 받은 잔에 술을 채우며 남자는 용건을 꺼냈다.

"이것도 인연인데 통성명이나 하지? 언제까지 용건만 간단히 하고 끝낼 수는 없잖아? 난 미하일이라고 해. 잘 해보자고."

보리스는 건네받은 술잔을 비우고는 미하일에게 도로 건넸다. 미하일의 잔을 채운 보리스는 자신의 잔을 들었다.

"잘 해보자고. 건배."

"건배!"

잔을 비운 미하일은 다시 창문을 통해 사라졌다. 보리스가 창문을 닫고 테이블로 돌아오자, 마리가 투덜거렸다.

"끝까지 창문이네."

*   *   *

모레 아침.

보리스와 마리는 마차를 타고 도시를 나섰다. 짧은 검문을 통과한 보리스는 마차를 몰고 성문을 벗어났다.

숲의 나무들이 성문의 시야를 가리는 곳이 나타나자, 보리스는 마차를 숲 속으로 몰고 들어가기 시작했다. 숲 속 공터에 마차를 멈춘 보리스는 마차에 앉아 누군가를 기다리기 시작했다.

1시간 정도가 지나자 일단의 남자들이 공터에 모습을 드러냈다. 남자들의 선두에는 미하일이 있었다. 보리스와 마리를 발견한 미하일이 손을 들었다.

"여어~. 아직 출발 안 했네?"

"누구 덕분에."

짧게 대답한 보리스는 무장을 챙겨 들고는 마차에서 내렸다. 미하일은 같이 온 남자들을 소개했다.

"이쪽 지역에서 일을 하는 친구들이야. 믿을만한 친구들이지."

"잘 부탁하오."

"나 역시."

미하일의 짧은 소개에 남자들은 가볍게 목례를 취했고, 보리스 역시 답례를 하고는 마리의 손을 잡고 숲 안쪽으로 들어갔다.

"가지."

"알았어. 둘은 여기 남아 마차와 말들을 지켜라."

"알겠습니다."

미하일의 명령에 인원이 재배치되었고, 나머지 인원들은 보리스와 마리의 뒤를 따라 움직이기 시작했다.

숲에 들어선 보리스는 마리의 손을 잡고 계속해서 걸음을 옮겼다.

숲 속에서의 보리스의 이동 방식은 매우 특이했다. 절대 직선 경로를 잡지 않았고, 때로는 오던 길을 되짚어 돌아가기도 했다.

예상보다 느린 속도로 걸음을 옮기는 보리스에게 다가간 미하일이 작게 물었다.

"꼭 이렇게 가야해? 아직 꼬리를 못 잡은 거야?"

"꼬리는 잡았어. 하지만 인간의 방식대로 이 숲을 가면 우리가 사냥감이 될 거야."

"무슨 소리?"

"잊었어? 이 숲에 무엇이 있는지? 지금까지 내가 확인한 것만 오우거 3마리에 트롤 4마리야. 그놈들과 만나서 투덕거리면 인원 손실도 손실이지만 인귀 놈도 눈치를 챌 거야."

"아!"

"쉿! 숲에서는 숲의 방식을 따라라. 이 진리를 잊지 마. 다른 사람들에게도 이 말을 꼭 전해."

보리스의 말에 작게 고개를 끄덕인 미하일이 뒤로 물러났다. 미하일의 경고를 들은 조직원들이 다시 긴장하는 것을 확인한 보리스는 주위를 살피며 걸음을 떼기 시작했다.

*　　　*　　　*

"오늘은 여기까지."

해가 서서히 서쪽으로 넘어가는 것을 본 보리스는 일행들을 멈추게 했다. 그의 말에 조직원들은 캠프를 칠 준비를 하기 시작했다.

잠시 그들의 하는 모습을 보고 있던 보리스가 일침을 가했다.

"지금 뭐하냐?"

"밤을 보낼 준비를 하는 거잖아."

"숲 한복판에서 불 피우고, 침낭 깔고 자겠다고? 이 숲에 사는 모든 몬스터들에게 맛있는 먹잇감이 들어왔다고 광고할 일 있어? 도시 촌놈이라고 광고할 일 있냐구!'

"그럼 어떻게 해?'

"둘씩 나무 위로 올라가. 나무에 몸을 묶고 잠을 잔다. 볼일 보고 싶은 사람은 저 바위 뒤에 가서 땅을 파고 볼일 보도록. 큰 거, 작은 거 상관없이 무조건 파. 소변이라고 해도 제대로 처리 안하면 몬스터들을 부른다. 식사는 육포와 건량으로 대신한다. 빨리 움직이는 것이 좋아. 트롤은 밤눈이 더 좋으니까."

보리스의 말이 떨어지자마자 사람들은 지금까지 정리하던 주변을 도로 엉망으로 만들기 시작했다.

보리스는 마리를 업고 굵은 나무를 골라 오르기 시작했다.

굵은 나뭇가지들 사이에 마리를 앉힌 보리스는 자신의 머리 위에 있는 굵은 가지에 배낭을 묶어 매달고 마리와 자신을 굵은 가지에 묶었다.

보리스의 하는 양을 보던 미하일과 남자들 역시 둘씩 나무에 올라 몸을 묶고는 잠을 청했다.

그렇게 아슬아슬한 하루를 보낸 남자들은 다음날 날이 밝자 나무에서 내려와 굳은 몸을 풀기 시작했다. 이미 먼저 일어나

주변을 살피고 온 보리스는 일행들의 준비가 다 끝나자, 배낭
을 등에 멨다.

"출발."

어제와 마찬가지로 이리저리 돌고 돌며 길을 나가던 보리스
가 갑자기 손을 들어 사람들을 멈추게 했다.

보리스를 따라 마리와 일행들은 자세를 낮추었고, 미하일이
재빨리 보리스 옆으로 달려왔다. 미하일이 옆에 서자, 활과 다
른 짐들을 내려놓은 보리스는 손을 들어 숲 한쪽을 가리켰다.

"잡았다."

"저기야?"

"이런 자연림에서는 볼 수 없는 직선의 길. 인귀도 머리를
썼어. 숲 입구에서부터 여기까지는 이리 돌고 저리 돌았는데,
여기서부터는 마음을 놓았군. 덕분에 이런 직선의 길이 만들
어진 거야."

"그럼 우리가 돈 길이 그 망할 놈이 들어온 길이란 소리야?"

"그것은 아니야. 단지 여기서 놈의 흔적을 좀 더 쉽게 잡은
것뿐이지. 그리고 여기서부터는 나 혼자 가야 해. 느낌이 더러
운 것이 별별 함정이 다 되어 있을 것 같아."

"그럼 여기서 기다리지."

"마리를 부탁해."

"걱정 마."

미하일과 대화를 끝내고 인귀의 소굴로 들어갈 준비를 하는 보리스의 팔을 마리가 붙잡았다.

눈에 눈물이 가득 찬 채 걱정스러운 표정으로 쳐다보는 마리를 본 보리스는 밝은 미소를 지으며 마리의 머리를 쓰다듬었다.

"금방 갖다올게. 걱정 마."

*　　　*　　　*

일행들을 뒤에 놓고 보리스는 문제의 오솔길로 들어섰다. 보리스는 내딛는 발걸음마다 주의를 기울이면서 앞으로 나아갔다.

나무들과 나무들 사이, 풀과 바위 사이에 미세하게 연결된 기의 끈을 찾아내서 피하기 위해 보리스는 자신의 오감을 최대로 민감하게 만들었다.

하지만 그러한 일은 보리스의 체력과 정신력에 상당한 부담을 지웠고, 길의 중반을 넘어갈 무렵부터 보리스의 전신은 땀에 푹 절어 있었다.

"한 3/4 정도 온 것인가……."

길 옆 나무 그늘에서 잠시 휴식을 취하며 보리스는 앞으로 얼마나 더 가야하는지를 계산했다. 휴식을 취하는 보리스의 표정은 별로 좋지 않았다.

"젠장. 이 망할 인귀의 기운은 점점 강해지는군. 속이 안 좋
아."

그렇게 투덜거리면서도 어느 정도 체력을 확보한 보리스는
자리를 털고 일어나 다시 길을 재촉했다.

*　　　*　　　*

"다 왔군."

완전히 지친 표정을 한 보리스는 길 끝에 있는 동굴 입구를
보면서 중얼거렸다.

입구를 눈앞에 두고 보리스는 다시 한 번 길게 숨을 들이마
셨다. 몇 번 크게 호흡을 하고 스트레칭으로 몸을 가다듬은 보
리스는 동굴 입구를 마주 보고 섰다.

눈에 보이지는 않지만, 동굴 속에 흐르는 기의 흐름들은 보
리스의 머릿속에서 하나의 영상을 만들어가고 있었다.

수십 개의 거미줄들이 동굴을 따라 만들어져 있었다. 하나
의 거미줄을 통과해도 그다음 거미줄에 걸리도록 빈틈없이 설
치된 함정들에 보리스는 한숨을 내쉬었다.

"팔 다리가 따로 놀 수 있다면 분해해서 통과한 다음에 재조
립하고 싶을 정도군. 지나온 길은 약과라는 소리인가?"

보리스는 허리에서 단검을 뽑아 투척 자세를 취하고는 온몸
의 기를 모았다.

기가 점점 모아짐에 따라 보리스의 손가락에 걸린 단검이
서서히 빛나기 시작했다.

우웅!

"타핫!"

쉬익!

단검에 기를 모은 보리스는 있는 힘껏 단검을 던졌다. 검기
로 뭉쳐진 단검은 날카로운 소리와 함께 동굴을 가르며 날아
갔다.

퍼엉! 꽈릉!

까악!

화르륵! 쩌어엉!

치이익! 꽈르릉!

기를 잔뜩 머금은 단검이 가상의 거미줄들을 찢으며 날아가
는 동안, 단검이 지나간 자리는 한바탕 뒤집어지기 시작했다.

강한 돌풍이 반대쪽 벽을 때렸고, 그 다음은 돌멩이의 소나
기가 내렸다.

뒤를 이어 찢어지는 비명이 동굴을 울렸고, 백열의 화염이
벽과 바닥을 녹였다.

계속해서 수많은 얼음의 창들이 동굴의 양쪽 벽에 박혔고,
동굴 천장에서 뿜어진 독액에 바닥이 연기를 내면서 녹아 내
렸다.

마지막으로 강렬한 번개가 동굴을 환하게 밝히자, 보리스는

동굴 안으로 몸을 날렸다.

"덫이 다시 만들어지기 전에 통과해야 한다!"

보리스의 눈에 찢어졌던 가상의 거미줄들이 다시 형태를 갖춰가고 있었다.

보리스는 최대한의 속도로 단검이 만들어낸 거미줄의 틈들을 통과했다. 거미줄들이 재생되는 속도는 제각각이었고, 긴 동굴 안에서 보리스는 갈지자를 그리며 관문들을 통과했다.

거미줄에 걸리지 않고 달리는 보리스의 눈에 제일 마지막의 거미줄에 만들어진 구멍이 점점 작아지고 있는 것이 보였다.

"젠장!"

욕설과 함께 보리스는 몸을 날렸다.

화살처럼 허공을 날은 보리스의 몸은 마지막 거미줄의 구멍을 통과했고, 보리스가 통과하자마자 거미줄은 다시 처음의 모습으로 돌아갔다.

몇 바퀴를 굴러서 자세를 바로 한 보리스는 이마의 땀을 닦았다.

"후우~."

길게 숨을 몰아 쉰 보리스는 시선을 오른쪽으로 돌렸다. 보리스의 우측으로 기다란 계단이 아래로 향하고 있었다.

계단 입구에 선 보리스는 계단 아래를 살폈다. 입구에 꽂힌 횃불로 인해 드러난 계단은 칠흑의 어둠 속으로 내려가고 있었다.

“함정은 없다. 하지만 방금 전과 같은 소란이 났다면 올라와
야 하는데……. 내려오라는 것인가? 그만큼 자신 있다는 소리
인가? 좋아. 내려가 주지.”

결정을 한 보리스는 횃불을 뽑아 들고는 계단을 따라 내려
갔다.

중간쯤 내려갔을까?

보리스는 급히 횃불을 껐다.

좀 더 아래쪽에 바닥으로 보이는 곳과 불빛이 흘러나오는
문이 자리 잡고 있었고, 늙은 남자의 짜증 가득한 목소리가 들
려왔기 때문이었다.

“한창 연구 중이었는데 뭔 난리야? 오솔길의 경보는 이상이
없었는데, 입구가 난리라니……. 하늘에서 떨어진 놈이라도
있다는 거야? 에잉!”

딸깍!

끼이익~.

문의 빗장이 풀리는 소리와 함께 낡은 경첩이 움직이는 소
리가 났고, 불빛을 등에 지고 마법사로 보이는 늙은이가 나타
났다.

어둠 속에 모습을 숨기고 있던 보리스는 늙은이가 보이자마
자 단검을 날렸다. 그와 동시에 마법사의 주문이 동굴을 울렸
다.

“파이어 볼! 실드!”

쿠웅!

피슛!

"크윽!"

"큭!"

화염구가 계단을 때리는 순간 허공으로 날아오른 보리스는 바닥을 구르며 짧게 비명을 터뜨렸고, 파이어 볼을 시전한 마법사는 다급히 실드를 쳤지만 왼쪽 어깨에 가볍지 않은 상처를 입었다.

보리스는 재빨리 또 하나의 단검을 던졌다.

"블링크!"

보리스가 날린 단검을 피해 마법사는 재빨리 블링크를 시전했다. 시전과 동시에 마법사는 단검 앞에서 사라져 보리스의 왼쪽으로 이동했다.

"파이……."

이동과 동시에 보리스에게 마법을 날리려던 마법사는 보리스가 원래의 위치가 아닌 자신의 머리 위로 떨어져 내리는 것을 발견했다.

"블링크!"

다시 한 번 마법사는 블링크를 시전해 보리스의 공격을 피한 듯 했지만, 직전에 보리스의 단검은 마법사의 왼쪽 상체를 지나갔다.

"크윽!"

보리스에게서 멀리 떨어진 마법사는 새로이 생긴 상처를 움켜쥐며 숨을 들이켰다. 단검을 고쳐 쥐며 보리스는 혀를 찼다.

"아깝군."

"놈! 라이트닝!"

쫘릉!

마법사의 손에서 푸른 번개가 보리스에게 쏘아졌다.

보리스는 마법사에게 단검을 날리며 땅을 굴렀다. 번개에 부딪힌 단검은 날아오던 방향과 반대로 날아갔다. 바닥을 구른 보리스는 또 다른 단검을 꺼내들며 마법사를 찾았다.

"파이어 애로우!"

"젠장!"

마법사의 영창과 동시에 4대의 불꽃 화살이 보리스를 향해 날아왔다.

보리스는 재빨리 계단 벽을 차고 올랐다. 공중으로 몸을 띄운 보리스는 덤블링을 하며 계단을 타고 올랐고, 4대의 불꽃 화살이 그의 뒤에서 폭발했다.

쾅! 쾅! 쾅! 쾅!

4대의 화살이 폭발하면서 공간은 연기로 가득 찼다.

"윈드! 실드!"

마법으로 연기와 먼지를 날린 마법사는 실드 마법을 친 채로 보리스의 흔적을 찾기 시작했다.

"어디냐!"

보리스가 있을만한 어두운 곳에 주의를 기울이며 마법사는 고함쳤다.

그의 외침에 화답이라도 하듯 한 자루의 단검이 날아왔다. 검기에 뒤덮인 단검은 마법사의 다리를 베고 지나갔다.

"크악!"

또 하나의 상처를 입은 마법사는 비명을 지르며 휘청거렸다.

"실드! 실드!"

두 겹의 실드를 친 마법사는 급히 등을 벽에 붙이고 보리스를 노려봤다.

"어떻게 실드를 뚫고……."

"보이거든. 그건 그렇고 옛말이 틀린 것 없군. 늙은 생강이 맵다더니……. 이 일 시작한 지는 얼마 안 되었지만, 댁처럼 오래 버틴 인간도 드물어."

"이 나이 먹도록 얌전히 산 것은 아니니까. 목적이 뭐냐?"

마법사의 물음에 보리스는 작은 틱짓으로 뒤를 가리켰다.

"저 안의 것들이 그 답을 알려주지 않던가? 자신이 한 일을 모르는 것은 아니겠지?"

"봤나?"

"제대로 보지는 못했지만, 몇 개는 봤지. 저런 짓을 하고도 잠이 오던가?"

"진리를 위해서야. 진리를 쫓는 자들은 과감할 필요가 있지."

"저건 과감이 아니라 미친 짓이야."

"그 평가는 미래가 해줄 뿐. 언제나 선각자들은 당시엔 미친 놈 취급을 받았었지."

보리스는 또 하나의 단검을 꺼내들며 대답했다.

"당신은 미래에도 미친놈일 뿐이야."

"놈! 블링크!"

노호와 함께 마법사는 보리스의 시야에서 사라졌고, 보리스 역시 몸을 날렸다.

열린 문을 막아선 마법사는 어느새 반대쪽에 선 보리스가 단검을 날리는 것을 확인했다.

"실드!"

퍽! 퍽! 쨍강! 피육!

"크악!"

마법사가 친 실드에 맞고 한 자루의 단검이 튕겨 나갔다. 곧 이어 또 한 자루의 단검이 실드를 뚫고 들어왔다.

실드는 유리가 깨지는 소리를 내며 사라졌고, 실드를 깨면서 힘을 상실한 단검이 땅에 떨어지는 것과 동시에 날아온 세 번째 단검이 마법사의 가슴에 꽂혔다.

가슴을 움켜쥔 마법사는 무릎을 꿇었다.

"어, 어떻게…… 검기로 덮었다지만 단검이 실드를 깰 수 가……."

"아까 말했잖아. 난 보인다고. 확실히 습관이란 무섭군. 실드만 믿고 움직일 생각을 안 하다니 말이야."

충고하듯이 말하며 보리스는 또 하나의 단검을 꺼내 들었
다. 무릎을 꿇은 보리스는 마법사의 목에 단검을 댔다.

"잘 가."

서걱!

＊　　　＊　　　＊

마법사의 목을 자른 보리스는 자신이 쓴 단검들을 모두 회
수했다. 회수 작업을 끝낸 보리스는 계단을 도로 올라와 처음
들어온 입구로 걸어갔다.

"다 깨는 수밖에 없나?"

여전히 촘촘히 짜인 거미줄처럼 보이는 함정들을 보면서 보
리스는 턱을 쓰다듬었다.

보리스는 팔짱을 끼고는 다시 한 번 함정들을 살피기 시작
했다.

거미줄의 끝이 모인 곳에 있는 수정들과 마법진을 본 보리
스는 그 수정들에서 흘러나오는 또 다른 흐름을 좇기 시작했
다.

그 흐름의 끝은 보리스가 서 있는 곳 오른쪽 벽으로 이어지
고 있었다. 그곳에는 하나의 커다란 수정이 박힌 은제 기둥이
서 있었다.

은기둥에는 복잡한 마법진이 잔뜩 새겨져 있었다. 보리스는 단검을 빼들고 수정을 내려쳤다.

파삭!

어른의 주먹 두 개 크기의 수정은 쉽게 부서져 버렸고, 동굴을 메우고 있던 함정들은 힘을 잃었다.

보리스는 여유로운 걸음걸이로 동굴을 나섰다.

동굴 앞 오솔길에 선 보리스는 길을 살폈다. 오솔길에 있던 함정들까지 해제된 것을 확인한 보리스는 성큼성큼 길을 걸어 마리와 미하일 일행이 있는 곳으로 걸어갔다. 보리스를 본 미하일과 마리가 후다닥 일어났다.

"끝났냐?"

"끝났다."

"가자!"

미하일의 손짓에 남자들은 미하일의 뒤를 따라 동굴로 향했고, 마리는 보리스의 팔과 다리를 살폈다. 걱정스럽게 자신을 살피는 마리의 머리를 부드럽게 쓰다듬으며 보리스는 미소를 지었다.

"걱정 마, 걱정 마. 나 안 다쳤어."

7장
큰 마리, 작은 마리

Hunter
Age

큰 마리, 작은 마리

펙! 펙!

계단을 내려온 보리스와 마리는 둥글게 둘러선 미하일 일행과 그 안에서 미하일이 무엇을 마구 차는 것을 보게 되었다.

"마리, 잠깐만 여기 있어."

한쪽에 마리를 있게 한 보리스는 남자들 사이를 파고들었다. 남자들 사이에 선 보리스는 마법사의 시체를 마구 차고 있는 미하일을 발견했다.

보리스는 미하일을 잡아끌었다.

"무슨 일이야?"

"봐! 봐!"

“이미 죽은 놈한테 분풀이 해봤자 꼴만 우스워.”

“에이! 쌍! 빌어먹을!”

보리스의 말에 미하일은 가슴을 치면서 욕설을 내뱉었다. 미하일의 분이 가라앉자 보리스는 다시 물었다.

“무슨 일이야?”

“안에 들어갔었어.”

미하일의 말에 보리스는 마리를 돌아봤다.

“절대 저 안에 들어가지 마.”

“알았어.”

보리스의 말에 마리는 계단 한쪽에 앉았고, 미하일이 남자들에게 명령을 내렸다.

“두 명은 여기 남아 입구를 지키도록. 나머지는 다시 들어간다.”

“옛!”

남자들 가운데 둘은 마리 근처에 서서 입구를 살피기 시작했고, 보리스는 마법사의 잘린 머리와 몸을 한 곳에 모아 로브를 덮어씌웠다.

“죽은 놈한테 너무 잘해주는 거 아냐?”

“마리가 보잖아.”

“아아.”

“들어가자고.”

*   *   *

　문을 통해 들어선 지하실은 예상외로 넓었다. 입구를 중심으로 삼면에 문이 하나씩 나 있었다.

　"어디부터 들어간 거야?"

　"왼쪽."

　미하일의 말에 보리스는 왼쪽의 문을 열고 들어갔다.

　그곳에는 인간을 포함한 여러 동물들의 박제가 있었고 다양한 크기의 유리병마다 인간과 각종 동물, 몬스터의 신체 조직이 들어 있었다.

　"돈 많은 놈이었나 보군. 비싼 유리들을 이렇게 쳐바르다니."

　짧은 평가와 함께 보리스는 유리병들 앞으로 걸어갔다. 앞쪽에 있는 유리병들 뒤로 돌아간 보리스는 기겁을 했다.

　"뭐야! 이건!"

　그곳에 있는 유리병에는 기괴한 형상의 인간 시체들이 담겨 있었다. 유리병에는 하나씩 색인이 기록된 표찰이 붙어 있었고, 보리스가 선 곳에는 두툼한 책이 놓인 받침대가 서 있었다.

　"이거 읽었어?"

　"아니."

　보리스는 책을 펼쳤다. 보리스는 손에 잡히는 순서대로 페이지를 넘겼다.

"제목, 혈관에 관한 고찰. 목적, 피는 심장에서 계속 만들어지고 혈관을 통해 신체 말단에서 소멸한다는 기존 이론의 검증. 방법……."

보리스는 읽던 것을 멈추고는 몇 번의 심호흡을 했다. 한참을 망설인 보리스는 다시 읽어 나갔다.

"살아 있는 인간의 신체에 마법 처리를 가해 혈관과 심장을 제외한 모든 조직을 제거. 실험 대상은 처리 후 10분간 생존. 결과, 혈액의 순환 확인. 기존에 했던 3-A01~ 3-A11 실험에서 동물과 몬스터를 대상으로 했던 실험과 같은 결과 확인. 최종 결론, 피는 순환한다. 짐승과 인간은 다르다는 기존의 관념에서 벗어나야 한다……. 후우~."

다시 심호흡을 한 보리스는 목차만을 읽어 나갔다.

"이형 동물간의 접합수술, 몬스터와 인간은 교배가 가능한가에 관한 고찰, 수혈에 관한 고찰, 포션이 없는 상황에서 외상의 처리……, 서로 다른 인간 사이에서 장기 및 신체 조직 교환에 관한 고찰……."

보리스는 목차를 끝으로 더 이상 책을 읽을 엄두가 나지 않았다. 보리스는 책을 덮고는 곧장 방을 나섰다.

"너무 쉽게 죽여줬군."

다음 방으로 가기 전에 미하일은 보리스에게 자신들이 쓰고 있는 것과 같은 머플러를 건넸다.

"왜?"

"혹시라도 생존자가 있을지 모르니까……. 조심해서 나쁠 것이 없잖아?"

미하일의 말에 보리스는 머플러를 받아 얼굴을 가렸다. 일행들은 닫힌 방문의 문을 열었다.

"무슨 냄새지?"

후각을 자극하는 냄새에 안으로 들어서던 보리스 일행은 뒤로 물러섰다. 보리스는 뒤에 선 남자들에게 주의를 주었다.

"즉시 밖에 있는 이들에게 코와 입을 막으라고 해. 마약의 향이 섞여 있다."

보리스의 말에 남자 하나가 후다닥 밖으로 튀어나갔고, 보리스는 옆에 굴러다니던 낡은 로브를 손에 쥐고 펄럭거리기 시작했다.

보리스의 움직임에 냄새는 점점 더 바깥으로 흘러나왔고, 미하일은 인상을 찌푸리며 투덜거렸다.

"만약 안에 살아 있는 이들이 있다면 똥오줌도 못 가리는 상태일 것이 분명하군."

"그렇군."

미하일의 투덜거림에 먼저 방안으로 들어선 보리스가 내부를 확인했다.

방의 내부는 창살로 구획이 나뉘어져 있었고, 그곳에는 세 명의 여인이 갇혀 있었다.

한곳에 같이 갇혀 있는 두 여자 아이들을 본 미하일이 뒤에 있는 남자에게 물었다.

"그 아이들이 맞지?"

"그렇습니다."

"그럼 이 여자는 뭐지?"

이번에도 역시 미하일의 물음에 보리스가 대답을 했다.

"마법사로 보인다. 상당히 강한 기의 흐름이 보이는데 저 여자의 팔다리를 묶고 있는 쇳덩어리가 그 흐름을 막고 있군."

"우선 꺼내고 봐야겠어."

미하일의 말에 보리스는 단검을 꺼내 들었다.

철컹!

약하게 검기가 흐르는 보리스의 단검은 창살의 자물쇠를 갈라 버렸다.

철창이 열리자, 남자들은 신속하게 안으로 들어갔다. 하지만 여자들의 상태를 바로 앞에서 보게 된 남자들은 난감해졌다.

"이런 젠장……."

여자들의 옷가지들은 심하게 찢겨져 있었고, 자신들이 흘린 침과 분뇨로 온몸이 엉망이었다. 어디다 눈을 두고 손을 둬야 할지 몰라 난감해 하는 남자들에게 미하일이 일갈했다.

"장갑들 끼고 있잖아! 뭐가 문제야!"

"하지만 여자들 옷차림이……."

"야, 이 새꺄. 너 여자 벗은 몸 처음 봐? 발랑 까진 인간들이 무슨 성직자마냥 굴어? 당장 들고 나가!"

미하일의 호통에 남자들은 여자들을 들고 나가기 시작했다.

"동굴 입구로 데리고 가. 거기 공기가 제일 맑으니까. 이미 해가 졌으니 숲은 위험해."

"알겠습니다."

여자들을 들고 나가는 남자들에게 명령을 내린 미하일은 들려 나가는 여자들의 옷차림을 보면서 혀를 찼다.

"이 미친 마법사, 이걸 누구에게서 배운 거지?"

"뭐가?"

"여자들의 옷은 찢겨졌는데 손을 댄 흔적은 없어. 찢어진 정도도 아슬아슬 해. 이 작자, 여자들의 반항을 억제하려고 옷만 찢었어. 여자들의 심리가 재미있는 것이, 어느 선까지 자신의 신체가 노출되면 그것을 가리기 위해 저항을 하지 못하지. 그저 자신의 몸을 가리는 것에만 신경을 쓰게 되니까."

"정도를 넘어가면?"

보리스의 물음에 미하일은 어깨를 으쓱했다.

"이미 보여줄 거 안 보여줄 거 다 보여줬는데 뭐가 문제랴? 이러면서 무섭게 저항하지. 길드 쪽에서는 '아줌마 정신' 이라고도 해."

"별로 안 웃기는군."

           *   *   *

"그나마 가장 정상적인 방이네."

"'그나마' 가 아니라 그냥 정상적인 방이야."

"겨우 방 두 개 봤을 뿐인데……. 이런 방이 왜 이리 반갑냐?"

마지막에 열린 방에는 단정하게 정리된 침대와 책꽂이들과 책상이 자리 잡고 있었다.

보리스와 미하일은 방안을 살피기 시작했다.

보리스가 침대 밑에서 작은 금고를 꺼내는 동안, 미하일은 책꽂이들을 뒤지기 시작했다.

책꽂이에 있는 책들과 각종 시약을 살피던 미하일이 휘파람을 불었다.

"휘유~. 여기 있는 것들만 내다 팔아도 이 나라에 있는 우리 조직원들이 몇 달은 놀고먹겠다."

"그 정도야?"

"여기 있는 마법서들과 시약들은 희귀본이야. 이런 것들은 부르는 것이 값이지."

"그래? 어차!"

쿵!

침대 밑에서 찾아낸 금고를 책상 위에 올려놓은 보리스는 옆으로 비켜섰고 미하일은 허리띠에서 작은 쇠꼬챙이 두 개를 꺼내 들었다.

미하일이 열쇠구멍에 꼬챙이를 끼워 넣고 몇 번 움직이자 금고의 잠금 장치가 풀렸고, 뚜껑을 연 보리스와 미하일은 휘파람을 불었다.

"도대체 이 미친놈 뭐하던 인간이야?"

"마법사."

*　　　*　　　*

미하일과 함께 온 남자들은 밤새도록 마지막 방에서 모든 것들을 꺼내오기 시작했다.

한쪽에 차곡차곡 쌓이는 책들을 보던 미하일이 밑으로 내려가던 남자를 불렀다.

"아, 그 망할 표본실에 있던 책들도 다 쓸어 와. 이런 미친 짓까지 해가며 기록한 책이니 돈지랄할 놈들도 많을 거야."

"알겠습니다."

대답을 한 남자는 서둘러 밑으로 내려갔고, 미하일은 보리스에게 두 개의 약병을 내밀었다.

"이게 여자들을 저 모양으로 만든 마약과 그 해독약이야."

"확실한 거야?"

"병에 적혀 있으니까. 우선 누구부터 해야지?"

"마법사부터 해야겠지."

미하일은 해독약이라고 적힌 약병을 들고 여마법사에게 걸어갔다. 유리병 안에서 출렁이는 액체를 보면서 미하일이 보리스에게 물었다.

"이거 어떻게 쓰는 걸까?"

"안 적혀있어?"

"응."

"냄새를 맡게 하던가, 마시게 하던가, 바르게 하던가. 셋 중의 하나겠지."

"바르는 것은 좀 그렇지 않아?"

"미친놈이 만든 것이니까, 혹시 알아?"

"것도 그렇군."

*   *   *

"으응~."

반쯤 풀린 눈으로 멍하니 누워 있던 여마법사는 코를 자극하는 강한 냄새에 의식이 돌아오는 듯 눈에 힘이 들어가기 시작했다.

의식은 돌아왔지만 몸에 힘이 들어가지 않는지 눈만 좌우로 돌리던 여마법사는 갑자기 벌떡 몸을 일으켰다.

"허억! 헉! 헉!"

진땀을 흘리며 숨을 몰아쉬던 여마법사는 안정을 찾자마자 주변을 살폈다.

"정신이 드쇼?"

"예? 예……."

여마법사는 아직도 정신이 혼미한 지 제대로 된 반응을 보이지 못하고 있었다. 여마법사의 반응을 본 미하일이 수통을 내밀었다.

"좀 드쇼."

"예……. 고맙습니다."

수통의 물을 몇 모금 마신 여마법사는 그때서야 정신이 제대로 돌아온 듯이 보였고, 미하일은 자리에서 일어났다.

"정신 차렸으면 같이 갇혀 있던 재들 상태 좀 봐주쇼. 대충 걸칠 옷은 거기 있고."

미하일의 말에 여마법사는 이리저리 찢어진 자신의 옷과 온갖 오물들로 더러워진 몸을 확인했다. 구속구가 파괴되어 마나가 제대로 도는 것을 확인한 여마법사는 지체하지 않고 주문을 외웠다.

"클린 마이셀프!"

주문과 동시에 만들어진 밝은 백색의 빛 속에서 여마법사의 손이 튀어나와 미하일이 놓고 간 옷을 가지고 들어갔다. 빛이 사라지자 깔끔하게 옷을 차려입은 여마법사가 그 자리에 서 있었다.

여마법사는 한쪽에 눕혀져 있는 아이들에게 향했다.

"어디 한번 봐요. 흠…… 핑거라이트!"

여마법사는 손가락에 매달린 작은 광구를 아이들의 눈앞에서 좌우로 움직이며 반응을 살폈다. 아이들의 목에 손을 얹어 맥박을 확인한 여마법사가 미하일을 쳐다봤다.

"심한 정신적 충격을 입은 상태에서 마약까지 중독되었군요."

"해독약은 여기 있소."

미하일은 해독약을 내밀었고, 해독약을 건네받은 여마법사는 병의 뚜껑을 열고 잠시 냄새를 맡더니 아이들의 코에 병을 갖다 댔다.

"흡! 흐읍!"

해독약의 냄새를 맡은 아이들은 잠시 경기를 일으키더니 다시 축 늘어졌다. 다시 아이들의 반응과 맥박을 살피던 여마법사가 해약을 돌려줬다.

"우선 한 고비는 풀었어요. 이 아이들은 자정 기능이 없으니까 좀 더 쉬게 한 다음에 이 해독약을 약간 먹이면 됩니다. 다만……."

"다만?"

"정신적 충격은 시간이 더 필요할 겁니다."

"마법으로 안 되오?"

"저는 정신계 마법은 못 씁니다."

"어쨌든 고맙소. 아! 저 아이들의 옷도 좀 갈아입혀 주쇼."

"그러지요."

각종 오물로 더러워진 아이들을 깨끗이 하고 새 옷으로 갈
아입힌 여마법사는 아이들을 재우고 미하일을 찾았다.
"당신이 이들 책임자인가요?"
"그렇소만?"
"이 동굴의 주인은 어떻게 됐습니까?"
"뒈졌수다."
미하일의 대답에 여마법사는 경악을 했다. 그녀는 미하일의
팔을 붙잡고 흔들었다.
"설마! 정말? 거짓말! 진짜?"
거칠게 흔드는 여마법사를 떼어낸 미하일은 아팠는지 팔을
주무르며 되물었다.
"도대체 하고자 하는 말이 뭐요?"
"이 동굴의 마법사가 진짜 죽은 거 맞냐고!"
"맞수다."
"믿을 수 없어!"
"믿든지 말든지……. 그럼 댁은 그 미친놈이 개과천선이라
도 해서 살아났나 보지? 근데 왜 갑자기 말이 반 토막 나고 지
랄이야."
"다 정리했습니다! 소거 준비도 끝났습니다!"
여마법사의 말에 툴툴거리던 미하일은 조직원이 다가와 보

고를 하자, 대화를 끊고 걸음을 옮겼다.

엄청나게 쌓인 서적들과 각종 시약, 도구들을 본 미하일은 머리를 긁적였다.

"이거 짐이 좀 많네. 아이들까지 데려가려면 힘이 좀 들겠어."

"이봐요! 함부로 움직이지 말아요!"

"비켜요! 난 확인을 해야 해!"

꽤 많은 양의 짐을 보며 운반 방법을 고민하던 미하일은 등 뒤가 시끄러워지자 고개를 돌렸다.

계단을 내려가려는 여마법사와 남자들의 실랑이를 보던 미하일이 손짓을 했다.

"보내."

막아서던 남자들이 비켜서자, 여마법사는 후다닥 아래로 내려왔다.

계단을 다 내려온 여마법사는 불이 켜진 방안으로 들어갔다. 자신을 제압했던 마법사가 살던 공간들은 엉망으로 변해 있었다.

여마법사는 완전히 엉망진창이 된 방들을 보다가 밖을 살피기 시작했다. 한쪽에 낡은 로브로 대충 덮인 무더기를 본 여마법사는 로브를 벗겼다.

"헉!"

머리가 잘린 시체를 본 여마법사는 기겁을 하면서 뒤로 물러났다.

잠시 숨을 가다듬은 여마법사는 옆으로 걸어가 시체를 자세히 살피기 시작했다.

시체의 가슴팍에 잘린 머리가 놓인 것을 본 여마법사는 근처에 굴러다니던 천 쪼가리를 장갑삼아 잘린 머리를 뒤집었다.

고통에 가득 차 일그러진 얼굴을 본 여마법사는 한숨을 내쉬었다.

"맞군……."

잘린 머리통을 도로 내려놓은 여마법사는 시체 옷에 꽂혀있는 한 장의 카드를 발견하고는 집어 들었다. 카드에 그려진 그림을 본 여마법사는 크게 놀라서 후다닥 계단을 뛰어오르기 시작했다.

허겁지겁 계단을 올라온 여마법사는 미하일을 찾아 이리저리 고개를 돌리다가 남자들과 함께 이야기를 나누고 있는 미하일을 발견했다.

"이봐요!"

"무슨 일이신가?"

계속해서 일을 방해하는 덕분에 짜증이 나기 시작한 미하일은 여마법사가 말을 걸자 퉁명스럽게 대답했다.

그런 반응에도 불구하고 여마법사는 미하일에게 바짝 붙어서 손에 쥐고 있던 카드를 내밀었다.

"당신이 사냥꾼입니까?"

＊　　　＊　　　＊

"접니다, 회장님."

"오! 무사했었군!"

깊은 밤, 모두가 잠이 든 여관방 한구석에서 작은 대화가 이루어지고 있었다.

"연락이 없어서 걱정했다네."

"심려를 끼쳐드려 죄송합니다."

수정구 속의 노마법사의 말에 여마법사는 고개를 숙이며 감사를 표했다. 노마법사는 손을 저으며 말을 이었다.

"아닐세, 아니야. 그곳에 갔던 이들이 자네까지 여덟, 그 가운데 무사히 연락을 보낸 이는 마리 포나스키 자네만이 유일하네. 난 감사할 따름이네."

"감사합니다."

"그래. 그 사건에 마법사가 관여되어 있을 것 같다는 소문이 사실이었나?"

"사실입니다."

"하아~."

여마법사의 대답에 노마법사는 한숨을 내쉬었다.

"도대체 어떤 미친 작자가……. 그래, 사주를 한 자는 누구 인가?"

"사주한 자는 없었습니다. 마법사 단독범행입니다."

"허어~."

수정구 속의 노마법사는 기도 안 찬다는 표정을 지으며 한 숨을 쉬었다.

"어떤 미친 작자가……."

"'꿈꾸는 벤' 이셨습니다."

"정말인가!"

"얼굴을 확인했습니다."

"정녕코 그자라면 체포조를 조직해 보내겠네. 자네 혼자서 는 위험해. 연락이 없는 다른 이들은 이미 해를 입었을 것이 네."

"'꿈꾸는 벤' 은 이미 죽었습니다."

"확실한가?"

"확실합니다."

"누가 죽인 것인가?"

"사냥꾼입니다."

"뭐라! 확실한 것인가?"

"이야기로만 전해지던 그의 카드를 확인했습니다."

"카드는 확실한 물증이 될 수가 없네!"

"그가 아니라면 누가 7서클 마스터의 마법사를 죽일 수가 있었겠습니까? 그것이 가능한 이라면 소드 마스터뿐입니다. 하지만, 소드 마스터는 군부의 핵심입니다. 그런 자가 소리도 없이 움직인다는 것은 불가능한 일입니다.”

“그렇겠군……. 군부에 있는 마법사들에게서도 군이나 마스터가 움직였다는 보고는 없었으니. 진실로 사냥꾼이란 말인가…….”

수정구 속의 노마법사는 여마법사의 주장을 수긍할 수밖에 없었다.

“회장님을 보고 싶어 하는 자가 있습니다.”

“누가 날 보고 싶어 하는가?”

“안녕하쇼.”

노마법사의 물음에 또 다른 얼굴로 변장한 미하일이 수정구 앞으로 고개를 들이밀었다.

“그대는 누구인가?”

“벽 속의 귀.”

“정보 길드의 사람이군. 용건이 무엇인가?”

“거래를 하고 싶소.”

“거래? 무엇을 가지고?”

“그 망할 마법사가 기록한 연구실적.”

미하일의 말에 노마법사는 입을 다물었다.

잔뜩 굳은 표정으로 미하일을 쳐다보던 노마법사가 입을 열었다.

"원하는 것이 무엇인가?"

"망할 마법사로 인해 억울하게 피해를 입은 이들에 대한 공식적인 사과와 보상, 그리고 500만 골드."

"뭐라?"

"원하지 않는다면 우리는 이것을 암시장에 내놓을 수밖에 없지. 망할 마법사가 연구한 자료들을 대충 봤는데 기존 마법 학계에서 수많은 논쟁을 불러왔던 것들에 대한 실험과 그 결과더군. 타국의 마법사들이 보면 돈을 자루로 싸들고 올 놈들이지."

"너희들은 고국에 대한 애국심도 없는가!"

노마법사의 노호가 방을 쩌렁쩌렁 울렸지만, 미하일은 귀를 후비며 냉소적으로 대답했다.

"글쎄올시다. 우리가 내놓은 자료들은 군사 비밀이 아니야. 댁들이야 속이 좀 쓰리겠지만, 나랏일한다는 양반들은 당장 적들이 쳐들어 올 정보가 아니니 뒷주머니 좀 채워주면 넘어가줄 걸?"

귀를 후비며 대답한 미하일은 수정구에 얼굴을 들이밀고 으르렁거렸다.

"그리고, 뭐 애국심? 그렇게 나라 따지는 양반들이 백성들을 그렇게 비참하게 죽여대오? 애국심이 댁들 답 궁할 때 써먹으라고 만든 단어인 줄 아쇼?"

"크흠……. 마법 학회의 명예가 걸린 일이오. 공식적인 사과를 한다면 우리 학회의 명예는 시궁창에 빠질 거요.”

“그 잘난 명예 때문에 사과는 씹으시겠다? 그럼 우리도 이 자료 씹어드리지. 대신 소문은 잘 내드리지요. 장담하건데 마법사들의 성격상, 이런 미친 짓 할 놈 또 나올걸? 그때 가서 봅시다.”

“차라리 돈을 더 내겠소!”

노마법사의 말에 미하일은 손가락 세 개를 폈다.

“3,000만.”

“너무 많소!”

“그럼 4,000만.”

“…….”

미하일이 손가락 네 개를 펴들자, 노마법사는 고민하기 시작했다.

“나 혼자서 정할 수 있는 일이 아니오. 다른 이들과 대화를 해 보겠소.”

“30분의 시간을 드리지요. 30분 후에도 연락이 없으면 온 대륙이 이 일을 다 알게 될 것이오. 물론 사람들의 입소문이 어떻게 퍼지리란 것은 잘 알고 있겠지요?”

“알겠소. 30분 후에 봅시다.”

*　　　*　　　*

수정구에서 노마법사가 사라지자 마리라 불리는 여마법사
는 미하일에게 따지고 들었다.

"당신 미친 거야?"

"제정신이외다."

"정보 길드를 믿고 까불다가는 다칠 수가 있어."

여마법사의 말에 미하일은 콧방귀를 꼈다.

"흥! 정보 길드 무시하지 마. 함부로 대하면 편하게 잘 수 있
는 밤이 영원히 사라질 거다."

"이이!"

미하일의 말에 여마법사는 화를 못 참고 주문을 외우려 했
다. 여마법사가 웅얼거리며 주문의 첫마디를 떼려고 하는 순
간, 한 자루의 단검이 그녀의 얼굴을 스치고 지나갔다.

팍!

"꺄약!"

단검이 지나간 자리에선 한줄기 피가 흘렀고, 여마법사는
단검이 지나간 자리를 손으로 감싸며 주저앉았다.

보리스는 벽에 꽂힌 단검을 뽑으며 무심한 목소리로 입을
열었다.

"쓸데없는 짓 하지 마. 너 역시 네 욕심을 채우기 위해 제대
로 된 보고를 하지 않았잖아? 함부로 나서지 않는 것이 좋아."

단검이 스치고 지나간 자리를 치료한 여마법사는 매서운 눈
초리로 보리스를 노려봤다.

"마법 학회의 권위와 명예는 함부로 거래의 대상이 될 수 없어!"

여마법사의 말에 보리스는 차갑게 응수했다.

"그 잘난 권위나 명예로 죽은 사람들이 다시 살아날 수 있다면 인정해 주지!"

"단 한 사람의 경우만을 가지고 모두 그렇다고 평가하지 마!"

"모두가 그렇지 않다면 왜 사과를 하지 못하는 것인데?"

"그것은……."

보리스의 말에 여마법사는 대답이 궁해졌다. 보리스는 한 권의 책을 여마법사에게 내밀었다.

"이게 무엇인지 알아? 그 망할 놈이 만든 실험 보고서. 여기 제일 첫 장에 적힌 문구가 보여? '진리만이 나에게 심판의 권리를 가진다.' 이런 생각을 가진 미친 인간이 죽은 놈 하나뿐일까?"

여전히 여마법사는 대답이 궁했다. 보리스는 미하일에게 책을 건네며 결론을 내렸다.

"진리는 밝혀져야만 하고 그 진리가 희생을 필요로 한다면, 적어도 그 희생을 해야 할 이들이 슬프게 만들지는 말아야겠지."

30분 후, 수정구를 통해 노마법사가 다시 모습을 드러냈다.

수정구에 비친 노마법사의 등 뒤로 일단의 마법사들이 자리를
하고 있었다.

"나와 함께 학회를 꾸려가는 이들이오."

"안녕하쇼~."

미하일은 과장된 몸짓으로 손을 들며 인사말을 건넸지만,
수정구 너머의 마법사들 표정은 그리 밝지 않았다.

"우리의 결정을 말해 주겠네."

"잘 듣지요."

"자네의 의견을 받아들이겠네. 왕국 마법 학회 명의로 공식
적인 사과 성명을 발표하고, 우리가 직접 피해자의 유가족을
찾아 위로금을 전달하겠네. 그리고 500만 골드는 별도로 길드
에 지불하지."

"언제 발표하실 겁니까?"

"한 달 뒤."

"보름."

"한 달은 되어야 500만 골드를 마련할 수 있네!"

"500만 골드는 한 달 후에 망할 마법사의 물품과 바꾸지요.
유가족들에게 줄 보상금을 마련하는 데에는 보름이면 충분하
지 않습니까? 사과 성명이야 내일이라도 발표할 수 있으니, 보
름은 충분한 시간입니다."

"꼭 이렇게 우리를 몰아붙여야겠나?"

"전혀 몰아붙이지 않고 있습니다. 단지 해야 할 일을 해야

할 시간에 하라고 충고하는 것이지요."

"으으……."

미하일의 말에 노마법사는 앓는 소리만을 내뱉었다. 그러자 뒤에 있던 마법사들 중의 하나가 얼굴을 들이밀고 고함을 쳤다.

"겨우 정보 길드 주제에 건방지다! 우리를 뭐로 보고 수작질인 거냐! 더러운 뒷소문이나 캐고 다니는 천한 것들이!"

"이보쇼. 밤에 편히 자기 싫소?"

"뭐라!"

미하일의 물음에 마법사는 발작하듯이 고함을 쳤다. 하지만, 미하일은 차가운 표정으로 말을 이었다.

"싸움을 원한다면, 대륙 전체의 정보 길드원들은 당신들과 각을 세울 것이오. 암살자를 피하고 싶으면 어디 던전이라도 파고들어 앉아야 할 거야. 그리고 이번 일의 모든 것을 약간의 살을 보태 널리 알려 드리지. 재미있어질 거야."

"협박인 것인가?"

끼어들어 고함을 친 마법사를 밀어낸 노마법사가 적의를 드러내며 물었고, 미하일은 어깨를 으쓱했다.

"협박은 아니올시다. 단지 앞으로 일어날 일을 알려 드리는 것이지. 대륙 공법에도 불법 생체 실험은 국적과 지휘 고하를 막론하고 참형으로 다스린다고 적혀 있지. 아마 귀족들은 좋아할 거야. 출신도 모르는 종자들이 마법사라고 거드름 피우는 꼴이 보기 싫었으니까. 댁 같은 마법사들을 자신들의 희망이라고 여겼던 평민들의 반응도 볼만하겠지. 아마 앞으로 약초나 광물을 구하기 위해선 돈 좀 들여야 할 거야. 아니면 직접 구하던가. 덧붙여 원인을 알 수 없는 괴질이나 살인 사건이 벌어지면 위아래를 막론하고 당신네 마법사들부터 조지려 들걸? 먼 옛날이야기에나 나오던 마법사 사냥과 화형대가 다시 등장할 수도 있겠지. 아니라고 장담할 수 있소?"

"이이!"

노마법사에 의해 뒤로 물러났던 마법사가 다시 끼어들려 했지만 노마법사와 주위 동료들에 의해 제지를 당했다.

노마법사는 미하일을 노려봤다.

"길드의 의견을 따르기로 하지. 보름 안에 성명을 발표하고 보상금을 지불하겠다. 결과물과 돈의 교환은 한 달 후에 하도록 하지. 이의 있나?"

"없수다."

미하일이 동의를 하자 노마법사는 더 이상 볼일이 없다는 듯 통신을 끊어버렸다.

빛이 사라진 수정구를 여마법사가 챙기는 동안 미하일이 어깨를 으쓱했다.

"아따, 그 노친네, 성격 한 번 까칠하네."

"그렇게 심한 모욕을 받고도 저 정도면 다행인줄 알아. 다른 이들 같았으면 댁은 이미 죽은 거였어."

수정구를 챙긴 여마법사가 계속해서 투덜거렸지만 미하일
은 묘하게 입꼬리를 말아 올렸다.

*   *   *

다음날 아침, 보리스 일행은 여관을 나섰다. 갈림길에서 일
행들은 서로를 마주 보았다.

"어디로 가는 것이 좋을 것 같나?"

보리스의 물음에 미하일은 가방에서 지도를 꺼냈다.

"어디 보자……. 지금 있는 곳이 여기니까……."

지도의 길을 따라 손가락을 움직이던 미하일이 지도의 한곳
을 손가락으로 톡톡 두들겼다.

"우선은 동쪽으로 가."

"거기에 뭐가 있는데?"

보리스의 물음에 미하일은 턱으로 여마법사를 가리켰다.

"지금은 말할 수 없어. 객이 있으니까. 그리고……."

"그리고?"

"우리가 직접 잡아야 할 정도의 귀물인지 아닌지 감정을 못
했어."

머리를 긁적이며 이유를 설명하던 미하일이 수첩에 무엇인
가를 적어 보리스에게 보여주었다.

-보는 자와 몰이꾼은 표적이 있는 곳만을 알 수 있을 뿐이

야. 잡을 건지 안 잡을 건지는 사냥꾼의 몫이지.

"그렇군."

보리스가 납득을 하고 고개를 끄덕이자, 미하일은 수첩을 다시 품에 넣고는 말에 올랐다.

"자, 그럼 여기서 헤어지지. 정확한 위치는 나중에 알려주는 것으로 할게."

"그렇게 하지."

미하일의 말에 고개를 끄덕인 보리스는 마리를 잡아 마차에 태우고는 자기도 마차에 올랐다. 말 위에 앉은 미하일이 여마법사를 쳐다봤다.

"마법사 양반은 어떻게 할 겨?"

미하일의 물음에 여마법사는 자신의 짐을 보리스의 마차에 실었다.

마차의 짐칸에 자신의 짐을 싣고 그 옆에 자리를 잡는 여마법사를 본 미하일이 손을 들어 작별을 고했다.

"그럼 다시 볼 때까지 건강하고. 큰 마리, 작은 마리는 사이좋게 잘 지내고."

"누가 큰 마리, 작은 마리야!"

여마법사가 발끈해서 소리치자 미하일이 웃으며 대답했다.

"그럼 늙은 마리, 어린 마리라고 부를까? 하하! 수고!"

히히힝!

웃음으로 작별 인사를 마친 미하일이 말을 몰고 사라지자,

보리스는 서로 노려보는 두 명의 마리를 보고는 피식 웃으며 마차를 몰기 시작했다.

*   *   *

며칠 뒤, 긴 노숙 끝에 작은 도시에 도착한 보리스 일행은 여관을 잡았다.

"2인실 하나와 1인실 하나."

"2실버 25상팀입니다."

보리스가 계산을 치르자 카운터 옆에 대기하고 있던 아이가 열쇠를 들고 계단을 올라가기 시작했다. 3층에 있는 방문 두 개를 연 아이는 보리스에게 열쇠를 건넸다.

"2인실은 나하고 작은 마리. 1인실은 큰 마리가 써."

"작은 마리도 여자야."

"내가 너를 믿을 수 있나?"

보리스의 냉담한 반응에 큰 마리의 눈초리가 사나워졌다.

"그렇게 사람을 못 믿어? 여기까지 오는 동안 충분히 내 자신을 증명했다고 생각했는데?"

"여기까지 올 때에는 사람이 없었으니까. 위험한 곳에서는 충분히 조심을 해야겠지?"

말을 마친 보리스는 1인실의 문을 더욱 활짝 열었고, 큰 마리는 툴툴거리며 방안으로 들어갔다.

그날 밤 모두가 잠든 시각에 큰 마리는 침대에서 몸을 일으켰다. 잠시 주위를 살핀 큰 마리는 곧 수인을 맺으며 작게 주문을 외웠다.

"세이프티 존."

결계 주문을 외운 큰 마리는 수정구를 꺼내 들었다. 마리가 마나를 불어넣으며 주문을 외우자 수정구가 빛났고, 예의 노마법사가 모습을 드러냈다.

"회장님, 접니다."

"그래, 무슨 일인가?"

"보고할 것이 있습니다."

"그것은 학회로 돌아와서 하면 될 것 아닌가?"

"바로 돌아가기는 힘들 것 같습니다."

"무슨 일이 있는가?"

"사냥꾼의 흔적을 찾았습니다. 지금 추적 중입니다."

"정말인가?"

큰 마리의 보고에 수정구 속 노마법사의 얼굴이 더욱 크게 비쳐 졌다. 수정구 안에서 노마법사의 떨리는 목소리가 계속 흘러나왔다.

"확실한 흔적인가?"

"상당히 높은 확률입니다."

"어느 방향으로 향하고 있는지 알 수 있나?"

"지금은…… '꿈꾸는 벤'이 죽은 곳에서 동북쪽으로 움직이고 있습니다."

"지원을 보내겠네."

"위험합니다. 만약 사냥꾼이 알아챘다면 흔적을 잃을 수도 있습니다. 가까스로 잡은 흔적을 놓칠 수는 없습니다."

지원을 보내겠다는 말에 큰 마리는 다급히 핑계를 대기 시작했다. 큰 마리가 계속해서 지원 거부를 주장하자 노마법사는 억지로 수긍했다.

"그도 그렇겠군. 그래도 힘들 것 같으면 반드시 지원을 요청하도록."

"알겠습니다."

"자네도 알겠지만, '꿈꾸는 벤'의 죽음은 우리에겐 충격이었네. 세상에 7서클의 마법사가 버티고 있는 던전에 침투해 당사자를 죽이다니……. 던전이란, 우리 마법사들의 최후 보루라고도 할 수 있어. 그런 던전을 무력화할 수 있는 기술이 있다는 것을 안 이상, 무슨 일이 있어도 그 기술을 파악해야 하고 나아가 입수해야만 하네. 알겠나?"

"알겠습니다."

"좋은 소식을 기다리겠네."

노마법사의 당부를 끝으로 통신은 끝났고, 길게 한숨을 쉬며 수정구를 챙겨 돌아서던 마리는 기겁을 했다.

방 한쪽 어두운 곳에 보리스가 서 있었다.

"이, 이게 무슨 짓이지!"

"남이 내말 하는 것은 잘 들어봐야 하니까."

대답을 하며 보리스는 꺼내 들었던 단검을 다시 검집에 집어넣었다.

달빛을 받아 섬뜩하게 빛나는 단검의 날이 사라지자, 마리는 길게 숨을 내쉬었다.

"후우~. 무섭군, 무서워. 하지만 말이야. 난 이미 약속했어. 사냥꾼에 대한 정보는 함부로 흘리지 않겠다고 말이야. 그렇게 못 믿어?"

"깊은 밤에 몰래 연락을 취하는 사람이 믿어달라고 하면 믿을 수 있을까?"

"그것은 내가 실수했군. 주의하지."

큰 마리는 자신의 과실을 인정했다.

큰 마리의 대답을 들은 보리스는 창문을 열었다. 창문을 통해 자신의 방으로 돌아가려는 보리스를 큰 마리가 붙잡았다.

"그런데 말이지. 난 분명히 여기에 결계를 쳤거든? 어떻게 들어온 거지?"

큰 마리의 물음에 보리스는 창을 타 넘으며 짧게 대답했다.

"난 사냥꾼이야. 잘 생각해 봐."

＊　　　＊　　　＊

다음날 아침, 보리스와 마리들은 아침을 먹기 위해 식당으로 내려왔다.

큰 마리는 제대로 잠을 자지 못한 듯, 얼굴이 말이 아닌 상태로 자리에 앉았다. 반쯤 풀린 눈으로 음식을 먹던 큰 마리가 보리스에게 물었다.

"이봐. 어제 말해줬던 거 말인데…… 밤새 생각을 해 봐도 이해가 안 돼."

"뭐가?"

"결계와 사냥꾼의 관계. 사냥꾼이 어떻게 하기에 결계를 무시할 수 있다는 거지? 사냥꾼만의 특수 기술이라는 거야? 아니면, 사냥꾼이 되려면 무엇인가 남다른 신체적 특성이라도 있어야 한다는 소리? 이도저도 아니면 아티팩트?"

"아, 그거? 흠……."

큰 마리의 물음에 보리스는 식사를 멈추고 잠시 생각에 빠져들었다. 손가락으로 테이블을 두들기며 생각을 정리하던 보리스가 설명을 하기 시작했다.

"단지 사냥꾼의 기초적인 사냥 기술일 뿐이야."

"아아…… 그러니까 이런 일을 하기 위한 가장 기초적인 수련법이란 소리군?"

큰 마리의 말에 보리스는 피식 웃었다.

"틀렸어. 말 그대로 '사냥꾼'의 가장 기초적인 사냥 기술이야."

"그러니까……."

'내 말이 그 말이야.' 라고 하려던 큰 마리는 말을 멈추고는 난처한 표정을 짓기 시작했다. 눈동자만을 이리저리 굴리던 큰 마리가 조심스럽게 물었다.

"그 사냥꾼이 진짜 사냥꾼이었어?"

"사냥꾼에 진짜 가짜가 어디 있지? 난 사냥꾼일 따름이야."

"그럼 사냥꾼은 누구나 다 이런 기술을 익힌다는 소리야?"

"에…… 뭐부터 설명해야 할까……."

보리스는 옆에 있던 잔을 들어 목을 축인 후에 설명을 이었다.

"사냥꾼은 항상 사냥감의 영역으로 들어가지. 자신의 영역에 다른 존재가 들어온 것을 알게 되면 약한 놈들은 도망을 치고, 강한 놈들은 죽이려 들지. 따라서 사냥꾼의 제일 첫걸음은 대상의 영역에 티 안 나게 들어가는 법이야."

"하지만, 난 어제 분명히 결계를 쳤어. 방금 해준 설명이 그 해답이 되리라고 생각하지는 않는데?"

"결계가 뭔데? 너의 영역 표시야. 사냥꾼은 자연을 느끼고, 자연 속에 숨어들지."

"자연을 느낀다고? 어떻게?"

큰 마리의 물음에 보리스는 난감한 표정을 지으며 손가락으로 볼을 긁었다.

"설명하기가 좀 난감하네……. 몸으로는 알아도 말로 표현

하기가 좀 그렇군."

"그런가?"

보리스의 답변을 들은 큰 마리는 여전히 모르겠다는 표정을 지었다.

긴 설명 덕분에 식어버린 음식을 다 먹은 보리스가 물을 마시고 큰 마리에게 물었다.

"그런데, 작은 마리의 해결책은 있는 거야?"

보리스의 물음에 큰 마리는 머리를 긁적이다가 대답을 해주었다.

"마나 체크와 기타 신체 측정을 해 봤는데, 확실히 신체의 성장은 정지되어 있어. 그때 그 마법사가 누구인지만 알면 좀 더 쉬울 것 같은데 말이지……."

"마리, 그때 그 마법사 누구였는지 기억해?"

보리스의 물음에 작은 마리는 머리를 갸웃하면서 잠시 기억을 반추하고는 고개를 저었다.

"몰라."

작은 마리가 고개를 젓자, 보리스는 큰 마리를 돌아보았다. 보리스의 시선에 큰 마리 역시 고개를 저었다.

"쉽지가 않아. 인간의 신체 성장을 가로막는다는 것은 대단히 어려운 일이야. 그런데 그 일을 약물과 몇 가지 마법 처리만으로 성공시켰다는 것은 매우 높은 실력자라는 소리지. 내 생각으로는 바이탈 학파의 마법사일 것으로 생각하는데, 지금

마법계에서 바이탈 학파는 너무 많아서 문제야."

"무슨 소리지?"

"사람들은 누구나 불로장생을 원하니까. 가장 많은 지원을 받는 곳이 바이탈 학파야. 덕분에 마법한다는 이들 가운데 대다수가 바이탈 학파지."

"그러니까 숲 속에서 나뭇잎 찾기라는 소리야?"

"정답. 물론 이 정도의 일이 가능한 고위급 마법사는 손꼽겠지만, 그런 마법사들은 체면이라는 것이 있으니까 '내가 했소.' 라고 떠벌리고 다닐 이유는 없잖아? 거기에 작은 마리를 거쳐 간 이였다면 더욱 입 다물고 살고 있겠지."

"쉽지가 않군."

"당연한 소리."

큰 마리의 대답을 끝으로 보리스는 팔짱을 끼고는 입을 다물었다. 보리스가 입을 다물고 있자, 작은 마리가 보리스에게 물었다.

"이야기 끝난 거야?"

"응? 으응."

"그럼 올라가자. 나 심심해. 그리고 빨리 출발해야 한다며."

"그래."

작은 마리의 말에 보리스는 선선히 자리에서 일어났다.

보리스의 팔에 반쯤 매달려 계단을 오르던 작은 마리는 뒤따라 계단을 올라오는 큰 마리에게 눈을 부라리며 혀를 내밀었다.

그런 작은 마리의 하는 양을 보던 큰 마리가 쓴웃음을 지었
다.

"이런, 이런……. 단단히 미움 받았는걸?"

"나, 저 아줌마랑 같이 다니기 싫어!"

함께 하는 시간이 길어질수록 작은 마리와 큰 마리의 다툼
이 길어져 갔다.

반쯤 우는 얼굴로 보리스의 품에 안긴 작은 마리는 큰 마리
를 손가락질하며 불평했다. 그런 작은 마리를 토닥거리며 보
리스가 물었다.

"왜 싫은데? 고쳐준다고 그러는 거잖아."

"싫어~! 검사를 한다며 별별 이상한 거를 다 시킨단 말야!"

작은 마리의 말에 보리스는 큰 마리를 노려봤다. 큰 마리는
보리스의 시선을 피하며 우물쭈물 입을 열었다.

"그게, 여러 가지 검사를 할 것이 많아서……."

"검사는 이미 전에 하지 않았었나?"

"몇 가지를 더 해봐야 할 것 같아서 말이지. 이런 케이스는
발표된 적이 없거든."

마리의 말에 보리스는 확실한 선을 그었다.

"작은 마리는 신기한 짐승이나 실험대상이 아니야. 너의 호
기심을 충족시키기 위한 검사는 그만둬 줬으면 좋겠군. 앞으

로 검사를 할 일이 있으면 무엇 때문에 필요한지 확실하게 설명을 해주고 나서 작은 마리의 동의를 얻고 했으면 좋겠어."

"그러지 뭐."

보리스의 말에 큰 마리는 두말없이 승복을 했다.

"좋아. 그럼 출발 준비를 끝내자고. 각자 짐들 챙겨."

그 말에 작은 마리는 계단을 빠르게 올라가기 시작했다. 큰 마리는 계산을 끝내고 계단을 오르는 보리스를 잡았다.

"왜?"

"이상하다고 느끼지 않아?"

"뭐가?"

"작은 마리. 몸은 11살이지만, 실제 나이는 19살이야. 좀 있으면 스물이지."

큰 마리의 말에 보리스는 걸음을 멈추고 그녀를 쳐다봤다. 큰 마리는 설명을 이었다.

"정신과 신체의 불균형이야. 자라나는 정신과 자라지 않은 신체의 괴리가 점점 커지고 있지. 그 결과가 지금 보다시피 정신의 퇴행으로 이어지고 있어. 점점 행동방식이 11살에 고정되어 가고 있어. 이 상태가 계속된다면 영원히 11살이 되겠지. 그 후에는 몸이 원래의 시간으로 돌아온다고 해도 문제가 생겨. 몸은 20대인데 정신은 계속 11살인 거지."

"그 망할 가게에서 계속 11살처럼 행동하도록 훈련시켰기 때문이야."

"그렇기 때문에 더욱 빠르게 11살로 퇴행하고 있는 거야. 익숙하니까. 또 그때는 그렇게 해서 귀여움을 받았고 모든 것이 편했으니까. 이른바 조건반사라는 거지."

"그럼 퇴행을 늦출 수 있는 방법은 있는 거야?"

"교육과 훈련밖에는 없어. 쉽게 말해 애늙은이로 만들어야지. 몸만 정상이고 정신은 어린애인 사람은 노리개밖에 안되지만, 애늙은이는 오히려 귀하게 취급되지."

"부탁하지. 하지만, 이상한 검사는 하지 마."

"알았어. 그런 검사는 안 할게."

큰 마리의 말을 들은 보리스는 그녀에게 고개를 숙였다. 보리스의 부탁을 수락한 큰 마리는 계단을 오르다 보리스를 돌아봤다.

"잊을 뻔 했다. 보리스 역시 지금까지 해온 것처럼 작은 마리를 대하면 안 돼. 작은 마리는 어린아이가 아냐. 보리스가 그렇게 대하면 대할수록 작은 마리의 퇴행이 빨라진다는 것을 알아둬."

"노력하지."

*　　*　　*

다시 길을 떠난 일행은 노숙을 이어가며 계속해서 동쪽으로 향했다.

큰 마리는 작은 마리를 교육하기 시작했다. 팔리기 전까지 배운 교육 수준에 멈춘 마리에게 중상류 이상의 성인들이 갖춰야 할 예절을 교육하고, 중등 이상의 인문 교양을 가르쳤다.

처음에는 학습을 거부하던 작은 마리도 조금씩 흥미가 생기기 시작했고, 옆에서 보리스가 격려를 하자 점점 열심히 배우기 시작했다.

덕분에 보리스 일행이 타고 가는 짐마차에는 점점 책이 늘었다.

"나, 마법 배우고 싶어."

"마법은 재능이 있어야 해."

"왠지 할 수 있을 것 같아."

"할 수 있을 것 같다고 해서 되는 학문이 아니야, 마법은."

"그래도 가르쳐 줘."

어느 날, 작은 마리는 큰 마리에게 마법을 가르쳐 달라고 조르기 시작했다.

처음에는 계속 거부를 하던 큰 마리는 작은 마리의 고집에 져서 마법의 기초를 가르쳤다. 작은 마리에게 마법을 가르치던 큰 마리는 곧 의외에 결과에 경악했다.

"이거 대단한데!"

"뭐가?"

"작은 마리, 대단해. 잘하면 한 달 안에 1서클에 들어설 수 있을 것 같아. 이런 일은 여태까지 들어본 적도 없다고."

큰 마리의 말에 마차를 몰던 보리스가 걱정스런 표정을 지었다.

"그거 좀 문제 있는 것 아냐? 여태까지 들어본 적이 없던 일이 벌어진다니. 이유가 뭐라고 생각해?"

보리스의 물음에 큰 마리는 배낭에서 작은 마리와 관련된 노트를 꺼내 들었다.

노트의 페이지를 뒤적거리며 자료들의 상관 관계를 살피던 큰 마리가 결론을 내렸다.

"작은 마리에게 재능이 있었다는 것도 하나의 이유가 되겠지만, 가장 큰 이유는 작은 마리의 신체 때문이라고 생각해. 마법이라는 것의 가장 기초는 마나를 이용해 자연의 기본 원리를 깨는 것에서부터 시작하거든. 그런데 작은 마리의 신체는 이미 자연의 기본 원리가 깨져 있지. 거기에 성장이 멈추는 과정에서 이뤄진 마법적 처리가 작은 마리의 재능을 더욱 키워준 것 같아."

"어떤 이유로?"

"그것은 잘 모르겠어. 단지 추측일 뿐이지."

큰 마리의 말에 보리스는 작은 마리를 돌아봤다.

정신없이 마법 서적을 읽던 작은 마리는 보리스의 시선이 느껴지자 고개를 들고는 방긋 미소를 지었다. 같이 미소를 짓던 보리스는 작은 마리가 다시 책에 고개를 파묻자 큰 마리에게 걱정스럽게 물었다.

"괜찮은 거야?"

"지금으로선 괜찮다고 생각해. 잘하면 작은 마리의 신체가 원래대로 돌아오는 것에 도움을 줄 수도 있을 것 같아. 마법이 일정 경지에 오르면 스스로 자신의 신체 상태를 조절할 수 있을 가능성이 있다는 거지. 그리고 그렇게 안 되더라도 마법은 정신의 학문. 작은 마리의 정신 퇴행을 막을 수 있어."

"조금 불안하군."

보리스는 조심스런 어조로 중얼거렸다.

그날 밤, 보리스 옆에 몸을 뉘인 작은 마리는 하늘을 쳐다봤다. 향도성 옆에 붉게 빛을 발하는 별을 보며 작은 마리는 작게 중얼거렸다.

"왠지 저 별이 좋아졌어. 얼마 전까지는 안 보이던 별이었는데……."

＊　　　＊　　　＊

사흘 뒤, 보리스 일행은 길 한복판에서 미하일을 다시 만났다. 말 위에 앉아 있던 미하일은 보리스의 마차가 보이자 크게 손을 흔들었다.

"여어~."

미하일을 발견한 보리스의 마차가 멈추자, 미하일이 말을 몰아 다가왔다.

“또 하나를 찾아냈어.”
“어디로 가면 돼?”
“여기서 북쪽.”

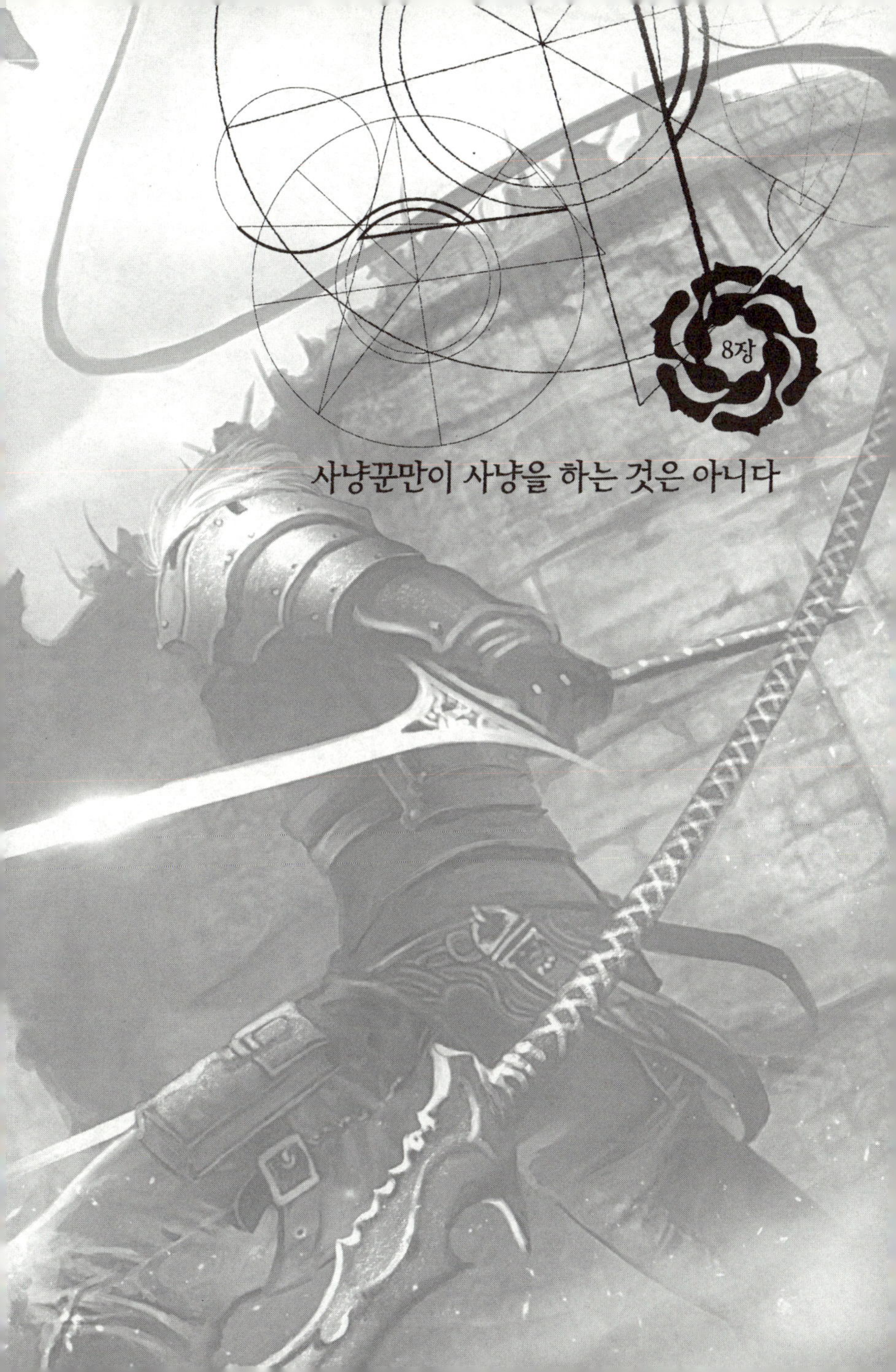

8장
사냥꾼만이 사냥을 하는 것은 아니다

Hunter
Age

사냥꾼만이 사냥을 하는 것은 아니다

마하트 왕국의 수도 듀넨버그.

왕궁과 인접해 지어진 크고 고풍스런 건물에는 연신 마차들과 사람들이 드나들고 있었다.

사람들과 마차들이 드나드는 정문에 걸린 현판에는 '마하트 왕국 마법 학회'라는 이름이 고풍스런 필체로 적혀 있었다.

건물 최상층 회의실에는 일단의 마법사들이 모여 있었지만, 회의실 안은 쥐죽은 듯한 고요만이 흐르고 있었다.

똑똑.

"들어오시게."

질식할 것 같은 고요함은 노크 소리와 함께 깨어졌고, 제일 상석에 앉은 노마법사의 말에 문이 열리며 젊은 마법사가 들어왔다.

회의실에 있는 마법사들에게 목례를 취한 젊은 마법사는 상석에 앉은 마법사에게 서류철을 건넸다.

서류철을 펴 내용을 읽은 노마법사는 서류철을 테이블 위에 내려놓았다.

"포고문이 다 뿌려졌다 하오. 내일 전국에서 동시에 발표될 것이오."

"치욕입니다. 우리 마법 학회가 이런 치욕을 당하다니…….
저 망할 정보 길드에 꼭 앙갚음을 해야만 합니다."

상석에 앉은 노마법사의 말에 다른 마법사 하나가 주먹을 떨며 이를 갈았다.

회의실에 있는 대다수 마법사들도 그와 같은 심정인 듯 고개를 끄덕거렸다. 하지만, 몇몇 마법사들은 그와는 다른 생각을 가진 듯 다른 표정을 지었고, 그중 한 마법사가 입을 열었다.

"꼭 그렇게만 생각할 일이 아닙니다. 만약 저들이 아니라 다른 이들 손에 의해서 이번 일이 밝혀졌다면 우리가 지불했어야 할 대가는 더 커졌을 수 있습니다. 만약 귀족들에 의해 밝혀졌다고 생각해 보십시오. 가뜩이나 좁은 우리들의 정치적 입지가 더욱 좁아질 수밖에 없었을 것입니다. 한 발 더 나아가 다른 나라들의 마법 학회가 먼저 알아챘다면 우리 학회는 그

날로 공중분해 되었을 것입니다."

"지금까지도 저 귀족들은 우리들을 자신들의 시종마냥 부리고 있소이다. 이번 일을 꼬투리 삼아 더한 요구를 해올 것이 뻔한 일이지 않소!"

"그렇지는 않지요. 이미 성명서를 보셔서 아시다시피 그 일을 누가 결말지었는지는 적지 않았습니다. 아둔한 백성들은 우리가 우리 손으로 한 줄 알 것이고, 귀족들은 꼬투리를 잡지 못할 것입니다. 우리들을 걸고넘어지기엔 그들도 구린 곳이 많지요. 지금도 몇 명 죽어나갔지 않습니까?"

낙관적인 반응을 보이는 마법사의 설명에 다른 마법사들의 굳은 표정이 조금씩 풀리기 시작했다. 그 반응을 살피며 낙관파 마법사는 설명을 이어갔다.

"귀족들은 지금 반대파의 움직임을 살피느라 정신이 없습니다. 거기에 내일 발표가 나가고 자세히 살펴야 하겠지만, 백성들의 반응은 우리에게 호의적일 것입니다. 귀족들 같으면 덮고 넘어갈 일을 스스로 밝혀 반성하고 보상금까지 지불했으니 말입니다. 우매하다고는 하나 백성들의 지지가 우리에게 있는 한, 귀족들은 우리에게 함부로 힘을 못 쓸 것입니다."

"백성들보다 중요한 것은 귀족들이란 말이오. 실권은 그들이 갖고 있다는 것을 잊었소?"

그럼에도 불구하고 비관파의 반론은 끊이지 않았다. 회의실 안의 분위기가 과열로 넘어가자, 회장이 서둘러 진화에 나섰다.

"자자, 앞으로의 일은 확실한 결과가 나온 다음에 의논하도록 합시다. 섣부른 낙관만큼이나 위험한 것이 과도한 비관론이요. 안 그렇소?"

"전혀 과도한 것이 아닙니다!"

"아까도 말했듯이 지금은 귀족들의 힘이 분열되어 있소이다. 당분간은 우리에게 신경을 쓸 틈이 없을 것이오."

"그렇기 때문에 더욱 억압을 가할 것이란 말입니다! 자신들의 파벌이 우위를 차지하기 위해 우리를 손에 넣으려고 할 것이란 말입니다!"

"그것은 우리에게 더욱 큰 기회가 될 것입니다. 백성들의 지지를 우리 손에 넣는다면 말입니다. 우리는 좀 더 비싼 몸값을 부를 수 있습니다!"

"허어~, 대책없는 낙관론이구려."

"대책없는 비관론보다는 낫지요."

"뭐라!"

쾅!

계속해서 비관론을 주장하던 마법사는 테이블을 내려치며 거칠게 자리에서 일어났다.

낙관론을 주장하던 마법사 역시 자리에서 일어나 상대를 노려봤다. 분위기가 더욱 험악해지자, 회장이 다시 진화에 나섰다.

"그만! 조금만 더하면 결투까지 하겠구려! 그것이 우리 왕국을 대표한다는 지성들이 보일 행동이오?"

"죄송합니다."

"죄송합니다."

회장이 분통을 터뜨리자, 두 마법사는 서둘러 자리에 앉으며 사과를 했다.

회장은 마땅치 않다는 표정을 지으며 회의의 종결을 선언했다.

"오늘은 모두 다 과도하게 흥분을 한 것 같소이다. 내일 발표가 있은 후에, 다시금 앞으로의 일을 상의해 보도록 합시다. 그럼 이만 오늘 회의를 끝내겠소."

폐회 선언으로 회의실에 모인 마법사들은 회장에게 목례를 하고는 회의실을 빠져 나갔다.

두 개의 파벌로 갈린 마법사들은 상대 파벌을 외면한 채 걸어 나갔고, 그 모습을 본 회장은 한숨을 내쉬었다.

*　　　　*　　　　*

그날 밤, 회장의 방에서는 회장과 낙관파의 리더가 자리를 함께하고 있었다.

"사태가 심각합니다."

"그런 것 같더군."

낙관파 리더가 심각한 표정으로 입을 열자, 회장 역시 비슷한 표정으로 고개를 끄덕였다.

테이블 위에 미리 준비해 둔 술잔에 술을 따르며 회장은 한숨을 쉬었다.

"후우~ 어쩌겠나? 그들 대다수의 출신들을 생각하면 이해가 갈 만하지."

"서출이라고 하더라도 귀족이라 이겁니까?"

"아무리 서출이라고 하더라도 귀족이고, 귀족인만큼 자존심도 있고 귀족들의 파워를 잘 안다고 생각하는 것이겠지."

"그래서 미리 알아서 긴단 말입니까?"

"서출이거나 방계라고 하더라도 귀족은 귀족일세. 평민 출신인 우리들과는 피가 다르다고 생각하는 것이겠지. 이거 일이 잘못되면 내 자리가 위험하겠군."

"절대 잘못될 일 없을 것입니다. 아니, 없습니다. 저들이 아무리 귀족들과 선이 닿아 있다고 하더라도 마법사인 이상 마법사들의 치부를 드러내기는 싫을 것입니다. 그렇다면 우리들의 계획대로 일은 진행될 것입니다."

"그렇겠지."

짧게 대답한 회장은 술잔을 비웠다. 술잔을 다시 채우며 회장은 낙관파 리더에게 물었다.

"그래. 자금 준비는 어떻게 되어가나?"

"저쪽 파벌들이 모르게 500만 골드를 모으느라 조금 힘들었습니다만, 이제 거의 다 준비되었습니다. 약속된 날짜까지는 다 준비될 것입니다.”

“비밀은 잘 유지되고 있겠지?”

“관계자 외에는 철저히 함구하도록 해 놓았습니다.”

“잘했군. 하지만, 더욱 주의하도록 하게. 벤의 자료는 가치를 함부로 측량할 수 없네. 그 자료를 손에 넣어야 우리들이 귀족파와 바이탈 학파의 기를 꺾을 수 있어. 정보길드에서 벤의 자료를 넘기기로 했다는 것을 저들이 알면 안 되네.”

“명심하겠습니다.”

“자네만 믿겠네.”

회장의 말에 마법사는 고개를 숙였다. 밀담이 끝나고 혼자 남게 된 회장은 한숨을 쉬었다.

“어쩌자고…… 진리의 탐구자들이라 불리던 마법사들이 파벌을 나누게 되었는지…….”

＊　　　＊　　　＊

다음날 아침, 마하트 왕국의 도시들과 영주성, 주요 마을에 만들어진 게시판에는 한 장의 포고문이 달렸다.

포고문이 달리는 것을 본 사람들이 모여들자, 선전관이 단상에 올랐다. 작게 기침을 한 선전관은 곧 크게 외치기 시작했다.

“큼! 큼! 들으시오! 들으시오! 마하트 왕국의 백성들은 모두 들으시오! 마하트 왕국의 마법 학회 마법사들이 여러분께 알리오! 들으시오! 들으시오!”

“무슨 일이래?”

“낸들 알아?”

“마법사 양반들이 뭔 할 말이 있다는 것이지?”

선전관의 외침에 모여든 사람들은 서로 마주보며 웅성거리기 시작했다. 웅성거림이 잦아들자 선전관은 다시 목청을 높였다.

“얼마 전, 아인토벤에서 차마 말하기도 저주스러운 참람한 일이 발생했소. 외도에 빠진 마법사 하나가 무죄한 양민들을 납치하여 절대 실행을 허하지 않는 사특하고 참람한 일을 행하고 말았소. 이에 다수의 양민들이 친인을 망하는 단장의 비사를 당하고야 말았소!”

“뭔 소리야?”

“글자도 못 읽는 내가 저런 말을 알아들을 것 같냐?”

“좀 아는 소리로 써 놓을 것이지…….”

“많이 배운 양반들이 배운 티를 내겠다는 것이잖냐.”

선전관이 잠시 목을 축이는 동안, 사람들은 다시 웅성거렸다.

절대 다수가 문맹인 백성들은 선전관이 나열하는 단어가 뜻하는 것이 무슨 말인지 제대로 이해를 못하고 있었다. 목을 축인 선전관은 다시 외치기 시작했다.

"이 배덕한 마법사는 대륙 공법에 따라 참하였으며, 그의 던전과 소유물들은 다 제적 처리되었소. 그리고 이번 사건으로 인해 친인을 망한 이들에게는 본 학회에서 응분의 대가를 제공하였음을 알리오!"

말을 마친 선전관은 포고문을 잘 말아 옆에 끼었다. 하지만 어려운 단어들이 잔뜩 나열된 포고문을 들은 사람들은 단상을 내려오는 선전관을 붙잡았다.

"나리! 도대체 무슨 소립니까?"

"설명 좀 쉽게 해주십쇼!"

사람들의 외침을 들은 선전관은 다시 목청을 가다듬고 외쳤다.

"잘 들어라! 얼마 전에 아인토벤에서 미친 마법사가 일을 저질렀다. 마법 실험을 한다면서 사람들을 끌어다가 죽였단 말이다! 함부로 사람 잡을 실험을 하지 말라는 대륙 공법을 어긴 죄로 그 망할 마법사는 뒈졌고, 그 마법사의 소굴은 박살이 났다. 그리고 마법 학회에서 재수없는 일을 당한 집에 보상금을 줬다는 소리다! 알아듣겠냐?"

"아아~."

선전관의 말을 들은 사람들은 그제야 고개를 끄떡였고, 사람들에게서 벗어날 수 있게 된 선전관은 그들에게서 벗어나며 중얼거렸다.

“이래서 무식한 것들은…….”

선전관이 떠난 다음에도 사람들은 자리를 떠날 생각을 하지 못하고 서로 떠들어댔다.

“그러니까, 미친 마법사가 사람 잡고 다니다가 뒈졌다는 소린거야?”

“그런 거지. 그리고 같은 마법사였다는 죄로 마법학회에서 보상금을 준 거고 말이야.”

“얼마나 줬을까?”

“글쎄……. 꽤 받지 않았을까? 저렇게 동네방네 떠들고 다녔으니 말이지. 어느 집인지 몰라도 집안에 금가루 좀 돌아다니겠네.”

“흐미……. 그 집 졸지에 신세 좀 피겠네?”

사람들이 나누는 대화의 주제는 어느새 보상금으로 향해 있었다. 또 다른 한쪽에서는 다른 대화가 이어지고 있었다.

“역시 마법사 양반들은 다르네.”

“그렇지?”

“그렇고말고. 높은데 있다는 나리들 좀 봐봐. 아마 저런 일이 벌어졌어도 모른 척하고 헛기침만 해대고 있었을 걸.”

“역시. 마법사님들만이 제일 믿을 수 있다니까.”

귀족들과는 달리 사건을 공표하고 보상을 약속하는 마법 학회의 발표를 들은 사람들은 하나같이 마법학회와 마법사들을 칭송했다.

　마지막으로 생각이 깊은 사람들은 누가 사건의 당사자를 죽였는지에 관심이 모여졌다.

"소문의 사냥꾼일까?"

"아, 요새 들어서 못된 귀족들 잡고 다닌다는 그 사냥꾼 말이지?"

"맞아."

"흐음……. 좀 힘들지 않을까? 상대는 마법사라고. 주문 외우면 손에서 불하고 벼락이 막 나가는 사람들인데, 사냥꾼이라도 힘들지 않을까?"

"하지만, 마법사들이라고 해도 귀족과 다를 바가 없었잖아? 똑같이 목에 힘주고 다니는 치들 인데, 그런 사람들이 갑자기 저렇게 사람 좋은 일을 했다는 것이 믿기지가 않아."

"그렇긴 해도 사냥꾼이 했다고 믿기엔 좀 힘들어. 그리고 사냥꾼이 했다고 쳐도 '사냥꾼이 했소~.' 라고 말하기도 힘들잖아. 그런 소리를 했다가는 쥐도 새도 모르게, 끽!"

　조심스럽게 말을 꺼낸 남자는 엄지손가락으로 자신의 목을 긋는 시늉을 했고, 함께 대화를 나누던 이들은 급히 주위를 살폈다.

＊　　　＊　　　＊

　한편, 목적지를 향해 가던 보리스 일행은 하룻밤을 묵은 소

도시에서 포고를 들었다. 선전관의 포고를 들은 미하일이 싱
긋 웃으며 보리스를 쳐다봤다.

"약속은 지켰네?"

"그런 것 같군."

보리스는 심드렁한 반응을 보였고, 큰 마리는 미하일을 다
그쳤다.

"약속은 확실히 지키겠지?"

"물론. 학회에서 500만 골드를 지급하면 그 망할 마법사의
기록과 시약들을 확실히 넘겨주지."

"믿어 보겠어."

"우리 일은 신용이 생명이야. 신용을 잃으면 우리는 죽은 목
숨이지."

"흥!"

미하일의 장담에도 불구하고 큰 마리는 콧방귀만 끼고는 마
차에 올랐다.

큰 마리가 마차 안으로 사라지자 미하일은 묘한 미소를 지
으며 보리스를 쳐다봤다.

"학회가 꼼수를 부렸어."

"그런 것 같더군."

"누가 했는지를 잘 감췄어. 어지간히 행간을 잘 살피는 사람
들이 아니라면 모를 정도로 말이야."

"그들로서도 시끄러운 일들을 피하고 싶었겠지. 정보 길드

역시 마찬가지 아냐?"

"큭큭큭."

보리스의 말에 미하일은 의미심장하게 웃었고, 그 웃음을 본 보리스는 고개를 저으며 마차에 올랐다.

*   *   *

한편, 마하트 왕국의 귀족 사회는 태풍이 몰아치려 하고 있었다.

"마누엘 자작이 죽었습니다."

"사인은?"

"타살입니다. 서재에서 칼에 맞은 시체로 발견되었습니다. 그리고 카드가 발견되었습니다."

"사냥꾼의 짓인가?"

"확신하기 힘듭니다."

"이유는?"

"아인토벤에서 자작의 영지까지는 한 달이 넘게 걸리는 거리입니다. 일주일 전에 있었던 학회의 발표를 기준으로 역산을 해봤지만 한 달은 무리입니다."

"크음……."

로인 백작의 주장에 돌프 공작은 콧소리를 내면서 생각에 빠져들었다.

사냥꾼만이 사냥을 하는 것은 아니다　255

“자네는 아인토벤에서의 일이 사냥꾼이 한 것이라고 확신하는 것인가?”

“그렇습니다. 아인토벤에서 죽은 이는 마법사입니다. 죽은 작자가 죽을죄를 지어서 죽었다 하더라도 마법사들 손에 의해서 죽었으면 그냥 묻어버렸을 것입니다. 그것이 상식이고 관행이었습니다.”

“그런데 수면 위로 공표를 했다? 흠……, 마법 학회로서는 감추고 싶은 치부를 드러낼 수밖에 없는 이유가 있었고, 그 이유는 자신들의 손이 아니라 다른 손이 그를 죽였기 때문이다?”

“맞습니다. 그리고 그 사실을 안 이가 상당히 많다는 뜻일 것입니다.”

“으응? 그렇게 수가 많다면 저렇게 발표를 해도 되었을까?”

“사태를 그렇게 만들게 하기에 가장 적당한 이들이 한 곳 있습니다. 정보 길드입니다.”

“정보 길드? 흐음…… 과연.”

로인 백작의 설명에 돌프 공작은 고개를 끄덕였다.

“그러니까 정보 길드가 마법 학회를 꼼짝 못하게 만들어 버린 증거를 가지고 있다는 소리군. 그렇다면 사냥꾼과 정보 길드가 한통속이라는 소리인가?”

“그것 역시 확신하기 힘이 듭니다. 만약 정보 길드가 사냥꾼과 한통속이라면 왜 이제 와서 사건들을 일으키는지, 그 이유가 불확실합니다. 제 생각으로는 사냥꾼이 정보 길드를 이용하는 것이라고 생각합니다.”

“그렇군……. 그렇다면, 거래일까?”

“그쪽이 가장 합당합니다. 사냥꾼은 정보가 필요할 것이고, 그런 정보를 가장 확실하게 공급해 줄 수 있는 쪽은 정보 길드니 말입니다.”

“그럼, 정보 길드를 좀 눌러봐야 하나?”

돌프 공작의 말에 로인 백작이 고개를 저었다.

“무리입니다. 정보 길드를 잘 아시지 않습니까? 정보 길드 안에 있는 수많은 어쌔신들을 생각해 보십시오.”

“아무리 암살자들이 많다고 해도 미리 대비를 하면 되지 않나? 지금까지 우리 가문에 대한 수많은 암살 시도가 있었지만, 대부분은 무위에 그치고 말았네.”

“공작 각하를 비롯한 최고위층과 마법 학회의 최상층부에 계시는 분들이 지니신 능력이라면 암살에 대한 대비는 가능하십니다. 하지만, 문제는 머리가 아니라 손과 발입니다. 암살자들이 우리의 하부 세력들을 잘라내 버리면 우리는 고사위기에 빠져듭니다.”

“크흠…….”

로인 백작의 설명에 돌프 공작은 표정이 구겨지며 헛기침을 했다.

자신의 앞에 놓인 찻잔을 만지작거리던 돌프 공작은 자리에서 일어나 장식장으로 걸어갔다. 장식장에서 술병과 잔들을 꺼낸 공작은 로인 백작에게 술을 따른 잔을 건넸다.

"감사합니다."

가득 채운 잔을 한 번에 비운 돌프 공작은 만족한 미소를 지었다.

"역시 차보다는 술이 머리 회전에 도움을 주는 것 같군. 차는 영~."

공작의 말에 로인 백작은 고개를 끄떡이고는 술잔을 비웠다. 자신의 잔과 백작의 잔을 채우며 돌프 공작이 입을 열었다.

"그런데 말일세. 정보 길드와 사냥꾼의 관계 말일세."

"예, 말씀하십시오."

"정보 길드 놈들이 키운 것이 아닐까? 어차피 그놈들은 어쌔신들을 키우고 있잖아?"

"그 점에 대해서도 조사를 해보았습니다만, 좀 전에 말씀드린 것과 같습니다. 정보 길드에서 키웠다고 보기에는 사냥꾼의 출현 시기가 불규칙적입니다. 거기에 대상이 문제입니다. 죽은 이들과 정보 길드의 이해 관계가 전혀 없습니다. 죽은 마법사를 제외한다면 나중에 정보 길드의 주요 고객이 될 귀족 자제들입니다."

"그런가?"

로인 백작의 말에 돌프 공작은 짧게 대답하고는 턱을 쓰다듬었다.

"아무래도 정보 길드가 찜찜해."

"감시를 강화하겠습니다."

"티 나게 하지는 말게. 우리가 감시하는 이들은 저들의 말단 중의 말단, 거기에 전부도 아닌 일부지. 정보 길드의 힘은 우리에게도 필요하니 괜히 숲을 건드려 뱀을 불러내는 우를 범할 수는 없어. 우리들이 가진 감찰과 정보 조직의 힘을 강화하는 것이 더욱 나을 걸세. 알겠나?"

"알겠습니다."

"자, 그럼 다음 건으로 넘어감세. 지나간 일은 지나간 일. 앞으로의 일을 생각해 보도록 하지. 우선 가장 급한 일은 마누엘 자작의 빈자리를 누가 채우는가 하는 것이겠지?"

"그렇습니다. 마누엘 자작의 영지가 지방이라고는 하지만 왕국에서 다섯 손가락 안에 들어가는 곡물 생산지입니다. 우선 작위 계승자인 아들 노만 폰 마누엘 준남작이 우리를 지지하고 있는 것이 다행이긴 합니다만, 국왕 폐하께 승인을 받기 위해 오는 과정이 위험합니다."

"그렇겠지. 마누엘 준남작에게 최대한 경계를 강화하고 기다리고 있으라 전하게. 최대한 빨리 지원을 보내주겠으니 절대 경거망동하지 말라고 전하게."

"알겠습니다."

"도대체 제이너스는 무슨 생각인 것이지?"

"조사해 보겠습니다."

"수고하시게. 아, 그리고 말이야."

로인 백작의 대답에 만족한 미소를 짓던 돌프 공작이 오른손 검지를 들어 올리며 또 다른 화제를 꺼내들었다.

"예, 말씀하십시오. 각하."

"이대로 당하고 있을 수만은 없지 않은가?"

"아, 알겠습니다. 곧 손을 봐주겠습니다."

"내가 왜 '3배 공작' 인지 알려주도록."

"알겠습니다, 각하."

"가급적 빠른 시간 안에 좋은 소식을 듣고 싶군."

"알겠습니다, 각하."

로인 백작은 예를 취하고는 서둘러 공작의 집무실을 나갔다. 공작은 술병과 잔을 들고 창에 기대섰다.

저택의 정문을 나서는 기사단들과 백작의 말들을 본 돌프 공작은 술잔에 술을 채워 높이 들었다.

"시작해봅시다, 제이너스 공작."

＊　　　＊　　　＊

따각 따각.

깊은 밤, 인적이 끊긴 대로를 한 대의 마차와 그 마차를 앞뒤로 호위하는 네 명의 기사들이 천천히 움직이고 있었다.

긴장의 끈을 놓지 않는 기사들과는 달리 마차 안에 탄 젊은 청년은 잔뜩 구겨진 표정을 짓고 있었다. 청년은 앞좌석에 앉은 기사를 보며 투덜거렸다.

"이봐, 내가 무슨 죄인인가?"

"아닙니다, 공자님."

"그런데, 지금 이게 뭐하는 상황인 것인가? 내 나이는 얼마 안 되지만 친구들끼리의 모임에까지 이렇게 다닌 적은 없었어. 그런데 단지 술집에 가서 술 한 잔 즐기고 오는데도 이렇게 겹겹이 둘러싸여 다녀야겠냔 말이야! 자네들은 내 체면은 생각지도 않는 것인가?"

"저희들은 공자님의 안전을 최우선으로 생각하는 것뿐입니다."

"그러니까, 이 수도 한복판에서 무엇이 위험하다는 것인가? 이곳에서 죽은 귀족들이 있냔……."

히힝!

말 울음소리와 함께 마차가 멈추자, 안에서 불평을 하던 청년의 말도 끊겼다.

밖에서 마차를 호위하던 기사들 중 하나가 외치는 소리가 적막한 거리를 울렸다.

"누구냐! 바크혼 백작의 자제 분이 타신 마차시다! 길을 열어라!"

"무슨 일인가?"

마차 안에서 청년과 동승하고 있던 기사가 작은 창을 열고

묻자, 마부와 함께 있던 기사가 대답을 했다.

"길을 막아선 자들이 있…… 컥!"

짧은 비명과 함께 마부와 그 옆에 앉은 기사가 가슴을 움켜쥐고 바닥으로 쓰러졌다. 그것을 시작으로 근처 건물 지붕에서 화살들이 쏟아지기 시작했다.

피피핑!

히히힝!

"아악!"

"마차를 호위해라!"

마차 주변에 있던 기사들은 쓰러진 마부와 기사를 대신해 마차를 끌고 험지를 벗어나려 했지만, 계속해서 날아오는 화살들은 그런 그들의 기도를 막아서며 마차를 끄는 말들에 집중되었다.

마침내 구슬픈 비명과 함께 마차에 묶인 두 마리의 말들은 목숨을 잃었고, 마차 주변의 기사들이 타고 있던 말들 역시 하나둘 숨이 끊기며 땅바닥에 쓰러졌다.

말들이 다 죽어 땅에 쓰러지자, 길을 막고 있던 남자들이 빠르게 마차를 향해 달려들었다.

이미 한두 발의 화살이 몸에 박혀 있던 호위기사들은 마차에서 내리는 공자와 기사를 둘러싸고 습격자들을 피해 빠른 걸음으로 주택가 사이의 어두운 골목으로 들어섰다.

"저희가 막겠습니다. 조장님은 공자님을……."

"부탁한다. 가시지요."

짧은 대화를 끝으로 조장은 청년의 팔을 움켜쥐고 골목을 달리기 시작했다.

"어어……."

난생 처음 겪는 죽음의 위기에 몸이 굳어 제대로 달리지도 못하는 청년을 본 기사가 청년을 다그쳤다.

"달리셔야 합니다. 제 부하들이 벌어줄 수 있는 시간은 얼마 안 됩니다! 그 전에 안전한 곳으로……."

챙! 챙!

"아악!"

"쫓아라!"

"공자님!"

뒤쪽에서 들려오기 시작한 칼 부딪히는 소리와 비명에 조장은 다시 청년을 일으켜 세워 골목을 달렸다.

굽이굽이 골목을 돌아 활로를 찾던 조장의 앞을 커다란 담벼락이 막아섰다.

"이런……."

절망적인 탄식을 뱉으며 돌아선 조장의 앞을 네 명의 복면인이 가로막았다.

조장은 검을 고쳐 잡으며 자신의 뒤에서 떨고 있는 공자에게 고별사를 전했다.

"죄송합니다, 공자님. 이 죄, 죽음으로 벌을 받겠습니다. 제가 길을 뚫겠사오니 보중하시옵소서.”

“오토 조장…….”

“이야!”

최후의 말을 내뱉은 조장은 함성과 함께 복면인들에게 덤벼들었다. 작은 골목 안은 검들이 지르는 비명으로 가득 찼다.

챙! 챙! 채챙!

좁은 골목이라는 이점을 이용해 조장은 복면인들의 공격을 막아갔지만, 공방이 이어지면서 조장의 몸은 피투성이로 변해가기 시작했다.

치앙!

출혈로 인해 시야가 흐려진 조장의 검이 옆으로 흘렀고, 조장의 몸은 균형을 잃었다. 그 순간 침묵 속에서 검을 교환하던 복면인들 가운데 한 명이 검을 앞으로 내지르며 처음으로 입을 열었다.

“지금!”

푹!

“끄윽…….”

급소를 관통당한 조장은 억지로 몸을 세우며 검을 빼내려던 복면인을 베려했지만, 또 다른 복면인이 조장의 목을 베었다.

조장의 잘린 머리는 더러운 골목길로 튕겨 자신이 모시던 청년 앞으로 굴러갔다. 머리가 잘렸는데도 두 눈을 부릅뜨고 있는 조장의 얼굴을 본 청년은 다리가 풀려 그 자리에 주저앉왔다.

"아아…… 저……."

제대로 말도 못하고 벙긋거리는 청년은 복면인들이 다가오자 일어서지도 못하고 무릎걸음으로 뒷걸음질을 쳤다.

정신없이 뒤로 물러서던 청년은 자신의 등에 차가운 벽이 느껴지자 더욱 하얗게 질리기 시작했다. 죽음의 공포로 비칠거리고 선 청년의 가랑이가 젖어들어 갔다.

"살, 살려 주시오……."

"……."

살려달라는 청년의 간구에도 불구하고 복면인들은 칼을 빼어든 채 천천히 다가왔다.

"이놈들! 내 아버지가 누군지 알아! 바크혼 백작님이시다! 그리고 나는 그 장남이란 말이다!"

막다른 골목에 몰린 청년이 발악하듯이 외치자, 복면인 중의 하나가 짧고 작게 대답했다.

"아니까 죽이는 거야."

"……."

무심한 복면인의 대답에 청년의 다리는 다시 풀렸고, 이미 젖어 있던 가랑이는 다시 한 번 젖어들었다.

"큭큭큭."

"살, 살려 주시오……."

청년의 추태에 복면인들은 비웃음을 흘려댔고, 자신이 내민 카드가 먹히지 않음을 깨달은 청년은 다시 생명을 구걸했다.

가까이 다가선 복면인들 가운데 한 명이 청년의 머리카락을 쥐고 그를 일으켜 세웠다.

푹!

"끄으…… 끄아아!"

청년의 머리를 잡은 복면인은 단검으로 그의 가슴을 찔렀다.

날카로운 이물질이 자신의 가슴을 파고들어오는 고통에 청년은 눈물을 흘리며 신음과 비명을 흘리기 시작했고, 복면인은 단검을 더욱 깊이 찔러 넣었다.

눈물로 호소하는 청년을 바라보는 복면인의 눈은 웃고 있었다. 복면인은 청년에 귀에 대고 작게 속삭였다.

"쉿, 쉬이……. 조금만 참으라고. 사람들이 깨잖아."

마침내 청년은 숨이 멎었다.

고통의 피눈물을 흘리던 눈은 부릅떠져 있었고, 입은 못 다지른 비명이 남았는지 크게 벌려져 있었다.

숨이 완전히 멎은 것을 확인한 복면인이 단검을 뺌과 동시에 머리를 잡았던 손을 놓자, 청년의 식어가는 몸은 힘없이 땅바닥에 쓰러졌다.

"가자."

식어가는 청년의 몸 위로 한 장의 카드를 던진 복면인이 몸을 돌리자, 다른 복면인들도 그의 뒤를 따라 어둠 속으로 몸을 숨겼다.

그들이 완전히 어둠 속으로 사라지자, 청년이 죽은 골목에 있던 집들의 등불들이 밝혀졌다. 골목과 면한 문을 연 몇 사람들이 조심스럽게 등불로 길을 비추었다.

"에그머니!"

"자경대에 연락해라!"

*　　　*　　　*

"또 귀족자제인가?"

"그렇습니다."

"후우……."

자경 대원의 보고를 받은 자경 대장 타포 준남작은 한숨을 내쉬었다. 시체를 뒤지던 부관이 조사를 마치고 준남작에게 걸어왔다.

"또 이것이 남아 있습니다."

"또 이 카드인가? 망할……."

준남작은 손에 들린 카드를 보고는 이를 갈았다. 준남작이 카드를 돌려주며 부관에게 물었다.

"이번엔 누구인가?"

"바크혼 백작의 장자입니다."

"확실한가?"

"버려진 마차에 새겨진 문장과 죽은 호위 기사들로 보아 틀림없습니다. 거기에 근처 주민들이 피해자가 자신의 신원을 밝히는 소리를 들었다고 증언하고 있습니다."

"젠장! 빌어먹을! 망할! 이 개도 안 쳐 먹을!"

죽은 이의 신원을 확인한 준남작은 참지 못하고 욕설을 토해냈다.

한참 동안 욕설을 뱉어대고 근처의 쓰레기들을 발로 차며 화를 삭인 준남작은 길게 심호흡을 했다.

"후우……. 후우……."

준남작의 호흡이 가라앉자 옆에 비켜 서있던 부관이 차고 있던 수통을 내밀었다.

준남작은 수통의 물을 한참 동안 들이키고 물에 젖은 입을 닦았다. 반쯤 비어버린 수통을 돌려주며 준남작은 부관에게 물었다.

"이번으로 세 번째인가?"

"그렇습니다. 예거 자작의 장자, 루거 남작, 이번에 바크혼 백작의 장자, 이렇게 입니다."

"양쪽 계파의 사람들이 골고루 죽어 나가고 있군. 돌프 공작 쪽이 둘, 제이너스 공작 쪽이 하나니까…… 적어도 한 번은 더 사건이 생기겠군."

"사냥꾼의 짓이 아닙니까?"

"아니야. 적어도 기록이나 전설, 그리고 지방에서 올라온 소문에 의하면 사냥꾼은 이렇게 지저분하게 일처리를 하지 않지.”

“그럼 정보 길드의 암살자들일까요?”

“그것도 아니야. 따라와 보게.”

준남작은 부관을 끌고 시체들이 놓인 수레로 걸어갔다. 시체들을 가린 흰 천을 걷은 준남작은 시체들의 상처를 가리키며 설명을 했다.

“상처들을 보게. 베인 상처들이 압도적으로 많지?”

“그렇습니다.”

“베인 상처들의 크기를 보게. 이것은 장검에 의한 상처들이야. 길드의 암살자들은 단검을 사용하지. 그러다보니 암살자들에게 당한 이들의 상처를 보면 베인 상처들보다 찔린 상처들이 대부분이야. 하지만 이 시체들의 주요 사인은 칼에 베여서야. 그리고 이 화살들을 보게. 일반적인 활에 사용하는 화살들이야. 길드의 암살자들이 쓰는 작은 활에 올리기에는 너무 길어.”

“그렇다면 도대체 누가 한 짓이란 말입니까?”

“정규전 훈련을 받은 이들의 짓이다. 사냥꾼이건 길드의 암살자들이건 이렇게 일 처리를 엉망으로 하지는 않아. 이렇게 난잡하게 일 처리를 하는 족속들은 여러 병과들이 모여야만 제대로 싸울 수 있는 정규전 훈련을 받은 이들이야.”

“설마!”

준남작의 설명을 들은 부관은 기겁을 했다. 창백하게 질린 부관을 보며 준남작은 고개를 끄덕였다.

"그래. 이것은 양쪽의 사병들이 저지른 짓거리야."

"그럼 그들을 조사해 볼까요?"

"자네 목 잘리고 싶나?"

"자리에 연연해 눈 감고 장님 행세를 할 수는 없습니다."

"자리에서 밀려나는 것이 아니라 자네 진짜 목이 잘리기를 원하느냔 말일세."

"예?"

"양쪽 계파의 사병들이 저지른 일이라고 공개하고 수사를 벌이면, 그다음 수순은 몇 개 없어. 하나, 양쪽이 무고를 주장하며 우리에게 덤터기를 씌우는 것. 그렇게 되면 책임자인 우리는 면직이나 좌천, 심하면 참수. 또 다른 하나는 왕도에 있는 귀족들의 사병집단 40개를 조사하다가 암살당하는 것. 마지막하나는 내전의 발생. 왕도에 주둔하고 있는 사병들과 용병들이 충돌하는 과정에서 우리는 이리 치이고 저리 치이다 개죽음으로 끝. 어느 쪽을 원하나?"

준남작은 작은 목소리로 경우의 수를 설명해주었다. 묵묵히 준남작의 설명을 들은 부관이 되물었다.

"그럼 어떻게 해야 합니까?"

"당분간은 정보 길드나 족치고 다녀야지. 워낙에 안 잡히는 친구들이니 시간은 벌 수 있을 거야."

"그걸로 끝입니까?"

"우선은. 그 전에 두 계파 가운데 하나가 승기를 잡으면 알아서 다른 한쪽이 모든 것을 뒤집어쓰고 사라질 것이고, 그렇게 되지 않는다면 목이 잘리기 전에 수사부진을 이유로 사직서 쓰고 국경 지방으로 좌천 가는 것이 답이야."

"과연 그것이 정답입니까?"

억울함이 묻어나는 부관의 질문에 준남작은 부관의 어깨를 가볍게 두들겼다.

"억울하지만, 지금의 상황에서는 그것만이 정답일세. 저 왕궁에 있는 국왕 폐하와 마찬가지로 우리는 힘이 없지. 그냥 말로만 '지엄하신 국왕 폐하가 계시는 왕도를 수비하는 왕도 자경대.' 라고 불리는 것일 뿐이야. 그런 상황에서 희생양으로 개죽음 당할 필요는 없지 않나?"

말을 끝낸 준남작은 주변정리를 끝낸 자경대원들에게 큰 목소리로 명령을 내렸다.

"정리 다 끝났나!"

"예!"

자경대원들이 대답하자, 준남작은 부관하게 정식으로 명령을 내렸다.

"그럼 피해자들의 시신들과 유품들을 백작가로 보내고 신원 확인을 다시 하도록!"

"알겠습니다."

대답을 한 부관은 군례를 취하고 자경대원들을 이끌고 사라
졌다. 부하들과 마차들이 사라지자, 준남작은 한숨을 쉬고는
말에 올랐다.

*   *   *

귀족들을 노리는 연쇄살인은 그 후로도 계속 일어났다.

어지간한 귀족들은 왕궁에 입궁하거나 각 계파의 고위층을
만나는 일이 아니라면 자신들의 집에서 두문불출하였고, 불야
성을 누리던 왕도의 유흥가들은 된서리를 맞았다.

많은 귀족들이 자신과 가족들의 무사안녕을 바라며 신전에
찾아와 기도를 하거나 많은 기부를 한 덕분에 몇몇 사제들은
'문란한 사회를 경건하게 바꾼 공'을 인정하여 사냥꾼에게
'성기사'의 칭호를 줘야 한다는 농담 아닌 농담을 할 지경이
었다.

자경대는 왕실 기사단의 지원까지 받아가며 정보 길드를 찾
아 왕도를 이 잡듯이 뒤졌지만, 정보 길드의 그림자조차 잡지
못하고 있었다.

계속되는 살인과 그로 인해 불안해진 수도의 치안 상황을
이유로 자경대 대장인 타포 준남작을 위시로 자경대 주요 간
부들은 보직 해임을 당하고 볼로뉴 왕국과의 국경 지역으로
전출 되었다.

"어떤가? 내 말이 맞지?"

국경을 향해 가는 말 위에서 타포 준남작은 싱거운 미소를 지으며 부관에게 물었다.

그의 옆에서 말을 몰던 부관은 침울한 표정으로 고개를 끄덕였다.

여전히 표정이 엉망인 부관을 보던 준남작은 가방에서 얇은 금속제 술통을 꺼내 건네주었다.

"마시게."

"감사합니다."

부관은 작게 고개를 숙여 감사를 표하고 술통을 입으로 가져갔다.

"콜록! 콜록!"

술병에 든 술이 독주였는지 부관은 기침을 토하며 술통을 돌려주었고, 준남작은 가볍게 한 모금 들이키고는 그것을 가방에 도로 집어넣으며 눈을 감고 코로 깊게 숨을 들이마셨다.

"흐으읍 후······. 역시 맑은 공기야. 도시의 찌들은 공기보다는 훨씬 낫군."

"정말 좋으신 것입니까?"

부관의 물음에 준남작은 크게 미소를 지었다.

"정말 좋다네. 국경에서는 경계해야 할 대상이 단 하나뿐이지 않은가? 국왕 폐하보다 더한 권세를 쥔 이들의 눈치를 안 봐도 되고, 오롯이 처음 다짐한 국가를 지킨다는 약속을 지킬 수 있으니 말일세."

"확실히 그렇지요."

대답을 하는 부관의 얼굴은 그제야 무거운 짐을 벗은 듯했
다.

*   *   *

"또 죽었습니다."

"누구인가?"

"타시 백작입니다."

"본인인가?"

"본인입니다."

돌프 공작은 로인 백작의 보고에 인상을 찡그렸다.

"몇 명 째인가?"

"지금까지 일곱입니다."

"제이너스 쪽은?"

"여섯입니다."

"내 결재를 맡은 것은 넷 아니었던가?"

"그렇습니다. 실행 역시 넷이었습니다."

"나머지 둘은 무엇인가?"

"지금 조사를 하고 있습니다만, 우리 쪽 사람들의 독단은 아
닌 것 같습니다."

"그럼 뭐라고 생각하나?"

"가능성은 크게 둘입니다. 하나는 내부문제, 다른 하나는 제3의 세력입니다."

"내부 문제라……. 후계자 문제인가?"

"그것에 더해 계파를 구성하는 귀족들 사이에 알력도 있습니다. 계산이 빠른 이들이라면 이 기회를 놓치지 않을 것입니다."

"그렇지. 확실히 그 문제는 우리도 비켜가지 못하고 있으니까."

돌프 공작은 후계자 문제로 올라온 탄원서들을 보면서 고개를 끄덕이다가 또 다른 가능성을 언급했다.

"그렇다면 제3의 세력이란 것은 무엇인가? 모르드 왕국인가?"

"아닙니다. 그쪽은 아직 외부로 손을 뻗칠 상황이 아닙니다. 사견입니다만, 저로서는 왕궁이 수상합니다. 예상보다 더 많이 일어난 살인 사건은 우리만이 아니라 제이너스 공작 쪽도 마찬가지 상황일 것입니다. 국왕이 어부지리를 노리는 것이라고 보는 것이 더 근접하다고 봅니다."

"어디까지나 가정을 기반으로 한 가정이라는 생각은 안 해봤나?"

"하지만, 오히려 이쪽이 더 합당하다는……."

"그렇겠지. 일반적으로 생각하면 그쪽이 합당하겠지. 하지만, 생각해 보게. 조직을 만들려면 제일 중요한 것이 돈일세. 자네, 왕궁의 주머니 사정을 모르나? 이 왕도에 들어오는 이들에게 걷는 통행세와 손바닥만 한 왕가의 직영지에서 걷어 들이는 소출이 전부일세. 통행세는 시골의 삼류 귀족이라고 할지라도 귀족가의 사람이라는 것만 증명하면 납부를 하지 않지. 거기에 비가 새는 왕궁의 지붕도 수리를 제대로 못하는 상황에서 철따라 보석이 박힌 드레스를 해 입어대는 왕비와 왕자비들이 버티고 있는 상황이야."

"하지만, 근위대와 왕궁 경비대, 자경대를 생각하면……."

"그들도 먹어야만 산다네. 잊었나? 지금 근위대의 기사수가 몇인지? 불과 스물일세. 내 가문의 기사 수만 80이야. 스물의 기사와 몇 백의 병사들을 가지고 국왕이 나와 제이너스 공작을 제압할 수 있다고 보는가? 그리고 몇몇 귀족들과 후계자들을 죽여서 국왕이 무슨 이득을 보지? 그렇게 해서 자리를 차지하는 이들이 아무리 바보라 할지라도, 어느 쪽에 붙어야 이득인지 잘 알고 있을 걸세."

"알겠습니다."

돌프 공작이 하나하나 반증을 내놓자, 로인 백작은 입을 다물고 뒤로 물러섰다.

로인 백작이 승복하자, 돌프 공작은 앞으로 할 일들을 지시했다.

"우선, 우리쪽 귀족들에게 경계를 강화할 것을 내 이름으로 명령하게.”

“알겠습니다.”

“다음, 제이너스 공작 쪽 귀족들에 대한 사냥을 강화하게. 저쪽이 일곱이면 우리는 최소한, 적어도, 여덟을 죽여야 해. 내 말 무슨 뜻인지 알겠지?”

“알겠습니다.”

“그리고 처음 명령을 전하면서, 사병들의 관리도 강화하라고 전하게. 언제라도 출병할 수 있도록 말일세.”

“그, 그 말씀은?”

돌프 공작이 내전을 암시하는 명령을 내리자, 로인 백작의 얼굴은 완전히 하얗게 질려버렸다. 로인 백작이 더듬거리자, 돌프 공작은 탄원서들을 내밀었다.

“이런저런 선을 타고 올라온 탄원서들일세. 가주를 잃은 자들이, 후계자를 잃은 자들이 계속해서 복수를 주장하고 있어. 지금은 후계자 선정이나 국왕의 인증이 남아 있어서 조용하지만, 내부 정리가 끝나면 감당할 수가 없다네. 그것은 저쪽도 마찬가지. 이런 상황에서 우리의 가장 큰 적은 시간일세. 가장 빠른 시간에 우리보다 저들에게 큰 타격을 주고 반대로 우리는 타격에서 회복해야만 하네.”

“그 후엔 전쟁입니까?”

“실력 행사지. 함부로 귀족들을 죽이고 다닌 죄를 물어 처벌한다.”

"명분이 약합니다. 사냥꾼이 한 짓이 아니라는 확증이 없습
니다."

로인 백작의 지적에 돌프 공작은 입꼬리를 말아 올렸다.

"사냥꾼에게 죽을 놈이 이 나라에만 있겠나?"

*　　　*　　　*

깊은 밤, 듀넨버그의 가장 깊은 곳에 위치한 마하트 왕국의
왕궁.

실추된 왕권을 증명하듯 넓디넓은 왕궁 건물들의 상당수는
지붕이 뚫려 있거나 벽에 금이 가 있는 등 쇠락한 모습을 보여
주고 있었다.

그런 왕궁 제일 깊은 곳에서는 근위대 기사들의 철통같은
경비 속에 대화가 이어지고 있었다.

"아바마마, 소자입니다."

"기사들은 무사히 귀환했느냐?"

"예, 아바마마."

"추격은 없었고?"

"예, 아바마마."

"길드 쪽에 손은 써두었느냐?"

"길드에서는 계약만 지켜준다면 함구하겠다고 전해왔습니
다."

상석에 앉아 보고를 듣던 국왕 듀몬 3세는 한탄을 했다.

"허어…… 왕국의 백성이 군주에게 계약 운운하며 협박을 하다니……."

"왕가의 권위가 다시 서는 날, 그들은 응당한 대가를 치르게 될 것입니다."

"그래야겠지. 그래, 포섭 작업은 잘 되어 가고 있느냐?"

국왕의 물음에 다음 대의 국왕인 라임 왕자는 고개를 끄덕였다.

"예. 새로이 후계자가 된 이들 가운데 절대 다수는 이미 충성을 다짐한 이들입니다. 더불어 미온적인 대처를 하는 공작들에 대한 불만을 가진 귀족들 상당수도 포섭에 성공했습니다."

"잘했다, 잘했어. 그럼 이만 가서 쉬어라."

"편히 주무십시요, 아바마마."

보고를 들은 듀몬 3세가 만족한 표정으로 회의실을 나가자, 라임 왕자 역시 자리에서 일어났다.

라임 왕자가 회의실의 문을 열고 나서자, 어두운 복도에서 대기하고 있던 시종과 기사가 그의 뒤를 따랐다.

적어도 다섯 개의 초를 꽂아야 하는 촛대에 한 개씩의 초들이 외로이 불을 밝히고 서 있는 궁벽한 복도를 걸으며 라임 왕자는 묵묵히 자신의 뒤를 따르는 기사와 앞에서 등을 밝히고 걷는 시종을 보았다.

“참으로 원통하군.”

“무엇이 원통하십니까?”

뒤를 따르던 기사의 물음에 왕자는 창문 밖을 가리켰다.

“국가의 상징인 왕궁과 왕국에 사는 모든 이들의 군주인 국왕은 이리도 궁벽한데, 그 군주를 모시는 귀족들이라는 자들은 저 밖에서 저리도 호화롭게 사니, 어찌 원통하지 않을 수 있겠나.”

“언젠가는 모든 것이 바로잡힐 것입니다.”

기사의 대답에 라임 왕자는 고개를 끄덕였다.

“그래…… . 언젠가는 바로잡히겠지. 언젠가는…… .”

자신의 서재로 돌아온 왕자는 왕자비가 자신을 기다리고 있는 것을 보았다.

“늦었는데 아직도 안자고 있었소?”

“저하께서 아직도 일하고 있는데 어찌 잠을 자겠습니까?”

대답을 한 왕자비는 다탁 위에 작은 소반을 내려놓았다. 소반을 덮은 둥근 뚜껑을 치우자, 모락모락 김을 피우는 수프와 몇 조각의 빵이 접시에 보기 좋게 담겨 있었다.

“시장하실 것 같아 가져왔습니다.”

“고맙소이다.”

“왕국의 내일을 이끄실 분에게 어울리지 않는 음식이라 송구합니다.”

"괜찮소. 괜찮소."

라임 왕자는 괘념치 말라는 듯이 가볍게 손짓을 하고는 수프와 빵을 맛있게 먹었다.

식사를 끝낸 왕자는 부드러운 눈으로 왕자비를 바라봤다. 왕자비라기보다는 도시 중류층 여인처럼 수수한 옷을 입은 그녀를 본 왕자는 미안한 표정을 지었다.

"미안하오. 일국의 왕자비에게 여염집 여인네의 옷을 입게 해서……."

왕자의 말에 왕자비는 밝은 미소를 지으며 고개를 저었다.

"저는 괜찮습니다. 저하가 옳은 일을 하고 있고, 그 일에 도움이 된다면 누더기라도 입을 수 있습니다. 그리고……."

"그리고?"

"고명하신 분들의 안사람들이 가진 안목을 품평하는 재미도 쏠쏠하답니다."

"뭐요? 하하하!"

몇 안 되는 촛불로 조명이 밝혀진 서재는 왕자 부부의 웃음소리로 가득 찼다. 왕자의 얼굴에서 피로가 많이 가신 것을 본 왕자비가 자리에서 일어났다.

"그럼 저도 가서 일을 봐야겠습니다. 사흘 후에 연회가 있으니 말입니다. 내일은 잊지 말고 오셔서 새 옷을 봐주십시오."

"알겠소. 뭐 더 필요한 것은 없소?"

"없습니다. 지금 있는 것으로 충분합니다."

왕자의 제의를 거절한 왕자비는 조용히 서재를 나갔다.

왕자비가 나가고 서재에 혼자 앉은 왕자의 얼굴에서 미소가 사라졌다.

서류 작업을 끝낸 왕자는 옥상으로 올라갔다. 옥상에 올라간 왕자는 화려한 야경들을 뽐내는 고급 주택가를 노려보았다.

"저곳에서 술과 고기에 취한 이들은 알고 있을까? 철따라 해 입는 어마마마와 왕자비의 드레스에 달린 보석들이 예전에 입던 옷들에서 떼어내 달은 것이라는 것을. 분수를 모른다는 오명을 감내하는 여인의 슬픔을. 그렇게 모은 돈으로 삼대에 걸쳐 만들어낸 숨겨진 기사들을. 기다려라. 그날이 되면 너희들은 군주를 멸시한 대가를 한 푼의 가감없이 받으리라."

조부 때부터 내려온 결의를 다시 다진 왕자는 향도성을 바라봤다.

향도성 옆에서 여전히 붉은 광채를 자랑하는 붉은 별을 보며 왕자는 중얼거렸다.

"사냥꾼 친구, 조금만 더 부탁하지."

9장
벽 속의 귀

Hunter
Age

벽 속의 귀

상업도시 아카디아.

마하트 왕국의 유일한 출구인 '회색 회랑' 에 제일 가까운 도시로서 수도를 제외하고는 제일 큰 규모를 자랑하는 도시이다.

"엄청나게 크군."

검문을 통과해 도시로 들어선 보리스는 다른 데서 보기 힘든 7층 이상의 건물들이 즐비한 시가를 보면서 감탄했다. 뒤에 앉아 있던 큰 마리 역시 감탄의 말을 뱉었다.

"과연 '황금의 도시' 아카디아구나!"

"황금의 도시?"

보리스가 궁금한 표정으로 질문하자, 큰 마리가 아는 체를 했다.

"마하트 왕국의 유일한 육로 출구에 만들어진 도시야. 덕분에 타국과 교역을 하기 위한 상인들이 몰려들었고, 그들이 이룩한 부로 인해 황금의 도시라는 별명이 붙었어."

"호오……."

큰 마리의 설명에 보리스는 주변의 시가를 다시 한 번 주의 깊게 살폈다.

마차를 몰아 광장에 들어선 보리스는 광장 한복판에 세워진 커다란 동상을 발견했다.

하늘을 찌를 듯한 거대한 동상은 그만큼이나 커다란 기단 위에 세워져 있었고, 그 기단에는 커다란 청동판이 박혀 있었다.

보리스는 청동판의 내용을 천천히 읽었다.

"왕국과 그 주인인 왕께 경의와 충성을 담아. 충성의 도시 아카디아."

"풋! 충성이라……."

"웃기는군."

청동판의 내용을 본 미하일과 큰 마리는 동시에 비웃었고, 작은 마리와 보리스는 눈으로 그 이유를 물었다.

미하일은 동상을 보기도 싫다는 듯 모자를 눌러쓰며 입을 열었다.

"우선 여관부터 잡자. 그 후에 알려주지."

"도대체 왜 웃은 거야? 그리고 이렇게 오래 뜸을 들이는 것은 또 뭐고?"

묵을 곳을 잡은 보리스는 식사가 끝나고 한가해지자 낮부터 궁금했던 것을 물어보았다. 보리스와 큰 마리, 자신의 잔에 술을 채우던 미하일이 술을 따르며 설명했다.

"그 이유는 이 도시가 '변절의 도시' 이기 때문이야."

"변절?"

"이 도시는 두 공작들을 위시한 어느 귀족에게도 속하지 않고 오로지 국왕에게만 의무를 다하는 자유 도시야. 3대 프리드리히 대왕은 그 의무를 잊지 말라고 저 동상을 세우게 했지. 그런데 가장 먼저 깃발 거꾸로 든 놈들이 이 도시 놈들이야."

"깃발을 거꾸로 들다니?"

"5대 국왕인 '병자왕' 프리드리히 2세 치세에 귀족들이 서서히 왕권에서 벗어나기 시작했지. 그때 이곳에서 수도로 올라가는 세금이 약탈당하는 사건이 계속 일어났어. 그때마다 세금을 다시 보내느라 경제가 파탄 났다는 이유로 아카디아는 회랑 주둔 부대에 대한 지원을 제외한 세금 납부를 거부했지. 왕은 성을 내고 징벌을 천명했지만 두 공작들이 나서서 왕을 막아섰고, 결국 아카디아는 국왕에 대한 세금 납부를 하지 않게 되었어."

"그래서 깃발 거꾸로 들었다는 얘기야?"

"그렇지."

"그럼 지금은 어느 공작에게 붙어 있는 거야?"

"어느 쪽에도 안 붙어 있어."

"그게 가능해? 이 왕국에서?"

"그게 또 한편의 희극이지. 국왕이 손을 털고 나서 당연하다는 듯이 두 공작이 달라붙었지. 그런데, 아카디아의 장사꾼들은 그 사이에서 반대쪽에 넘어갈 것처럼 교묘하게 줄타기를 했어. 아카디아를 손에 넣으면 균형추가 완전히 넘어가 버리니까 두 공작들은 서로 상대방이 아카디아를 손에 넣지 못하게 난리들을 쳤고, 그 사이에 아카디아는 국경 부대를 손에 넣어 군사력까지 갖추었지. 두 공작들이 정신을 차렸을 때는 이미 상황 종료."

미하일은 두 손을 들어 올리며 말을 끝냈다. 그의 말을 듣던 보리스는 머리를 긁었다.

"살기 힘들어져서 세금 못 내겠다고 한 것뿐이고, 귀족들의 손에 들어가지 않기 위해서 국경의 군부대와 손을 잡은 것뿐이잖아?"

보리스의 말에 큰 마리가 반박을 했다.

"그것이 변절이 아니고 뭐야? 왕국의 백성이 군주에 대한 의무를 행하지 않았는데 말이야!"

"물론, 물론. 나도 그것을 잘했다고 옹호하는 것은 아니야. 단지 내가 궁금한 것은 왜 미하일마저 그런 반응을 보이냐는 것이지. 귀족이나 왕이라는 단어가 나오면 콧방귀부터 뀌고 보는 미하일이 왜 같은 평민인 상인들의 깃발 거꾸로 달기를 삐딱하게 보느냐는 거지.”

보리스의 말에 마리들의 시선은 미하일에게로 모여 들었다. 자신의 빈 잔을 채우던 미하일은 술잔을 채우고는 입을 열었다.

“물론 어떻게 보면 권력자들의 부당한 압박에서 벗어나기 위한 몸부림이라고 볼 수 있어. 하지만, 제일 열 받는 것이 무엇인지 알아? 마하트 왕국의 귀족들을 죄다 썩어버리게 한 이들이 바로 이 도시의 상인들이야. 중앙의 고위 귀족들뿐만 아니라 지방의 작은 귀족들까지 뒷돈의 맛을 알게 만든 이들이 바로 이 도시의 상인 놈들이라고. 정당한 경쟁이 아니라 뒷돈을 이용해 지방의 상인들을 싹 죽여버린 것이 이 도시의 상인들이란 말이지. 그리고 그 폐해를 고스란히 힘없는 백성들이 뒤집어쓰고 있는 것이고. 큰 마리는 마법 학회의 마법사들에게 납품되는 각종 생필품의 단가를 알고 있어?”

“몰라.”

“귀족들과 마법사들에게 납품되는 각종 생필품과 기타 상품들의 단가는 일반 백성들이 구입하는 것에 절반밖에 안 돼. 그 말은…….”

미하일은 잠시 말을 멈추고 보리스를 쳐다봤다. 미하일의 말을 주의 깊게 듣고 있던 보리스가 결론을 내렸다.

“일반 백성들이 모든 부담을 껴안고 있다는 소리군.”

“맞아. 그래서 내가 이 도시를 싫어하는 거지.”

미하일은 그 뒤로 술잔만을 비웠고, 보리스와 큰 마리 역시 술잔을 비웠다.

*　　　*　　　*

그날 밤, 보리스와 미하일은 여관 옥상에 올라 눈을 감고 인 귀의 기를 살피기 시작했다.

한참 동안 주변의 기를 살피던 보리스는 굳은 얼굴로 미하일을 돌아봤다.

"이 곳이 정말 사람 사는 곳이 맞아?"

"사람 사는 곳 맞아."

"그럼 이 도시 절반 정도를 죽여야 하는 거냐?"

보리스의 말에 미하일이 더욱 놀라 다시 물었다.

"그 정도냐?"

"몰랐어?"

"이 도시는 정보 길드의 힘이 가장 약한 곳 중의 하나야."

여관의 옥상에서 두 남자는 쭈그리고 앉아 머리를 맞대었다.

"그럼 어떻게 해야 하지?"

"내가 맡은 소명대로 다 죽여야 하나?"

"안 돼. 그렇게 되면 네 발이 묶이게 된다. 잘못하면 네가 위험해져."

"어차피 위험한 일이야. 각오는 되어 있어."

보리스의 말에 미하일은 자신의 머리를 긁적였다. 하늘을 보고, 보리스를 보고, 주위를 보던 미하일이 보리스에게 물었다.

"가장 강한 놈이 있는 쪽이 어디냐?"

미하일의 물음에 보리스는 손을 들어 한쪽을 가리켰다.

"저쪽. 얼마나 강한지 토하고 싶을 정도다."

보리스가 가리킨 방향을 보던 미하일이 품에서 지도를 꺼내 들고는 그쪽에 무엇이 있는지 조사하기 시작했다.

잠시 지도를 살피던 미하일은 품에서 작은 수첩을 꺼내 무엇인가를 찾아서 읽고는 고개를 끄덕였다.

"이 놈만 죽이자."

"왜?"

"이 놈을 제외하고는 다 고만고만한 놈들이야. 이놈만 죽이면 나머지는 지들끼리 공멸하거나 귀족들 손에 찢어질 거다."

"이놈이 누군데?"

보리스의 물음에 미하일이 짧게 대답했다.

"마커스 로렌초. 일명 무관(無冠)의 제왕."

*   *   *

사흘 뒤 밤, 보리스는 목적지를 향해 어둠 속을 달리고 있었다.

그보다 조금 떨어져서는 미하일과 길드의 조직원들이 조심
스럽게 보리스의 뒤를 따랐다.

로렌초의 저택 주위를 한 바퀴 돌은 보리스가 바로 옆에 자리
잡은 건물 옥상에 멈춰 서고 얼마 후, 미하일 일행이 도착했다.

"대단하군."

로렌초의 대저택을 내려 보며 보리스가 중얼거리자 옆에서
숨을 고르던 미하일이 고개를 끄덕였다.

"그렇지? 저 정도의 규모면 왕궁이나 공작들의 저택정도야."

미하일의 말에 보리스는 고개를 저었다.

"크기를 말하는 것이 아니야. 저 집과 정원에 숨어 있는 것
들이 대단하다는 거야."

"어느 정도야?"

"밖에 보이게 있는 경비원들은 빼더라도, 함정도 꽤 있고 숨
어 있는 친구들도 한 40명 되는군."

"40!"

보리스의 말에 미하일 뒤에 모인 남자들 사이에 작은 파문
이 일었다.

"나 혼자 들어간다면 저 40은 쓸모없는 수이지만, 저 친구들
도 들어가야겠지?"

보리스의 물음에 미하일은 말없이 고개를 끄덕였고, 미하일
의 긍정을 확인한 보리스는 남자들을 잠시 살폈다.

"나름대로 훈련을 잘 받은 듯하지만, 수준은 저 안에 있는

친구들과 비슷하겠군. 몰려 들어가면 외려 소란만 더 커지니까 내가 처리하지."

"부탁해."

미하일의 당부를 뒤로 하고 보리스는 허공으로 몸을 날렸다.

*   *   *

화려한 정원수들 사이에 몸을 숨긴 남자는 약간의 무료함을 느끼고 있었다.

얼마 전부터 사냥꾼의 소문이 돌기 시작했고, 그의 주인은 밤중의 경계를 강화하기 시작했다.

예전 같으면 주인의 주요 경쟁 상대의 목을 따는 일이 업이었던 그와 그의 동료들은 밤마다 이 정원에 몸을 숨기고 외부의 침입자를 경계하기 시작했다.

처음 며칠 동안은 임무가 끝나면 완전히 파김치가 될 정도로 전력 투구를 했지만, 그 기간이 점점 길어져 몇 달이 넘어가자 경계 임무에 투입된 인원들의 상태는 점점 느슨해지기 시작했다.

하지만 그들의 주인은 날마다 새로이 함정을 판다, 경비병을 늘린다하며 노이로제 증상을 보이고 있었다.

'그러기에 작작 긁어모으지. 남의 눈에 피……'

속으로 투덜거리던 남자는 갑자기 몸에 힘이 빠지면서 의식이 멀어지는 것을 느꼈다.

"스물둘……."

목이 깊게 잘린 남자를 조심스럽게 나무에 기대놓으며 보리스는 작게 숫자를 되뇌었다.

온기가 사라져 가는 시체 옆에서 주변을 살피던 보리스는 작게 솟아오른 정원 바닥에 시선을 고정시켰다.

"23번째가 될 친구로군."

다음 희생자를 정한 보리스의 몸이 어둠 속으로 사라졌다.

점점 더 어둠이 깊어지면서 저택의 바깥을 지키는 경비병들도 조금씩 줄기 시작할 무렵, 저택의 1층 창문이 살짝 열렸다.

열린 창문을 통해 저택 안으로 들어선 보리스는 조용히 창문을 닫고 실내를 살폈다.

"4층인가?"

목표의 기척을 살핀 보리스는 계단으로 걸음을 옮겼다.

주의 깊게 계단을 살핀 보리스는 한 걸음씩 조용히 계단을 올라 4층에 도착했다.

4층 입구에 도착한 보리스는 환한 빛이 새어 나오는 4층 복도를 쳐다봤다.

"역시 쉽게 갈 수 없게 만드는군."

작게 투덜거린 보리스는 가슴에 두른 단검 집의 덮개를 전부 열어 10여 개의 단검 손잡이가 모두 드러나게 해놓고 4층으로 올라가는 마지막 계단들을 오르기 시작했다.

4층에 도착한 보리스는 환하게 밝은 복도를 달리기 시작했
다.

복도에 내딛은 첫발이 떨어지기 전에 보리스의 양손에서 두
자루의 단검이 허공을 날았다.

파팍!

“끄윽……..”

찌이익! 쿠당!

두 자루의 단검 가운데 하나는 보리스가 달리는 복도의 우
측 벽에 박혔고, 다른 하나는 그 반대편에 세워둔 전신 갑옷의
헬름을 꿰뚫었다.

작은 비명과 함께 검은 옷을 입은 남자가 벽지를 뜯으며 앞으
로 쓰러졌고, 요란한 소리와 함께 갑옷이 바닥으로 쓰러졌다.

그런 소음을 뒤로하고 보리스는 앞으로 내달렸고, 그런 보
리스를 향해 화살들이 쏟아졌다.

쐐애액!

파팍! 파파팍!

천장 양쪽 모서리에서 쏟아져 나온 화살들은 4층의 복도 바
닥에 화살로 만들어진 카펫을 만들어갔고, 보리스는 덤블링을
하거나 벽을 차고 달리며 계속해서 단검을 날렸다.

철컥!

“크악!”

팅!

"커억!"

화살과 각종 암기를 피하는 보리스의 몸짓은 한편의 아름다운 무용과도 같았다. 보리스의 손에서 단검이 사라질 때마다 복도의 일부분이었던 기관들이 파괴되거나 숨은 살수들이 제거되었다.

커다란 공중제비를 끝으로 목표가 있는 방 바로 앞에 도착한 보리스는 바닥으로 떨어져 내리며 허리 뒤에 매여져 있던 장검보다 좀 짧은 단검을 바닥을 향해 던졌다.

푹!

보리스가 던진 검은 바닥에 절반쯤 박혀 들었고, 그는 그 검의 손잡이 위로 착지했다.

보리스의 체중이 더해진 검은 손잡이만 남기고 완전히 바닥으로 박혀 들었고, 그 틈으로 붉은 선혈이 솟아올랐다.

"끝."

복도를 통과한 보리스는 바닥에 박힌 검 손잡이에 올려 있던 발을 내리고, 눈앞에 버티고 서 있는 문을 노려봤다. 문을 살피던 보리스는 새 단검을 뽑아 들고 문 옆의 벽으로 옮겨 섰다.

보리스의 손에 들린 단검이 하얗게 빛나기 시작했다. 보리스는 단검을 문의 경첩 사이로 박아 넣고는 아래로 긁어 내렸다.

빠바바박!

타타타타탕!

문을 고정하는 4개의 경첩이 모두 잘리는 순간, 날카로운 발사음과 동시에 수많은 화살들이 방 안에서 문으로 쏟아져 날아왔다.

강력한 힘으로 쏟아진 화살들은 문을 뚫고 그 날카로운 화살촉을 내밀었다.

화살들이 문을 꿰뚫는 순간, 보리스는 단검으로 문 옆의 벽을 힘껏 찔렀다 뽑아들었다. 벽에 박혔다 나온 단검에는 군데군데 피가 묻어 있었다.

쿠웅!

경첩이 파괴된 문은 둔한 소리와 함께 복도를 향해 쓰러졌고 보리스는 천천히 안으로 들어섰다.

방 안으로 들어선 보리스는 작게 휘파람을 불었다. 온갖 화려한 조각들과 그림으로 장식된 방에는 그 못지않게 화려한 침대가 놓여 있었다.

그 침대 위에는 한 노인이 반쯤 일어나 보리스를 노려보고 있었다.

“누구냐?”

“그러는 넌 누구지?”

“누구냐니! 내가 바로 마커스 로렌초다! 건방지다!”

“훗!”

노인의 격앙된 외침에 보리스는 코웃음을 치고 방 안을 살폈다. 잠시 방안을 살피던 보리스의 눈이 책장에 고정되었다.

"그 안에 있었나? 나와. 안 나오면 내가 들어가지."

"멈춰라!"

책장을 향해 보리스가 발을 옮기자, 침대에 앉아 있던 노인이 고함을 치면서 시트로 가려놓았던 석궁을 들어 올렸다.

피슉!

팍!

노인이 석궁의 방아쇠를 당긴 것과 보리스가 단검을 날린 것은 거의 동시였다.

보리스가 날린 단검은 노인의 목을 뚫은 반면 노인이 쏜 화살은 보리스의 뺨을 스치고 벽에 박혔다.

목을 움켜쥐고 쓰러진 노인의 목에서 흘러나오는 붉은 피가 하얀 시트를 물들이는 것을 보던 보리스는 자신의 뺨을 스치고 벽에 박힌 화살을 쳐다봤다.

"바보."

책장 앞에 선 보리스는 책들을 살피며 손가락 끝으로 책들의 옆 표지를 훑었다. 잠시 손가락으로 책장들의 책을 만지던 보리스는 두 번째 칸 한가운데 있는 책을 잡아당겼다.

덜컥!

끼이이…….

작은 소음과 함께 책장은 앞으로 회전했고, 그 안에서 또 다른 빛이 새어 나왔다. 보리스는 드러난 밀실로 들어섰다.

*　　　*　　　*

산처럼 쌓인 황금과 보석에 보리스는 잠시 멍하니 서 있었다. 정신을 차린 보리스는 진짜 마커스 로렌초를 찾기 시작했다.

저벅, 저벅, 촤르르르…….

보리스가 걸음을 옮길 때마다 금화가 밟히면서 묘한 소리가 흘러나왔다.

전후좌우, 위아래를 구분할 수 없을 정도로 넘쳐나는 황금빛에 보리스는 어지러움을 느꼈다.

"토할 것만 같군."

이를 악물고 방안을 뒤진 보리스는 한쪽 구석에서 자신이 찾던 이를 발견했다. 마커스 로렌초를 찾아낸 보리스는 황당한 표정을 지었다.

촤르륵! 촤르륵!

"제발 좀 그냥 쌓여 있으란 말이다!"

늙은 마커스 로렌초는 밀실 한구석에 만들어진 탈출구를 열기 위해 용을 쓰고 있었다.

금화와 각종 귀금속에 반쯤 파묻힌 탈출구 뚜껑을 열기 위해 마커스 로렌초는 정신없이 금화와 보석을 위로 퍼 올렸다.

하지만 과다하게 쌓인 금화와 금괴, 보석들은 끊임없이 흘러 내려와 입구를 다시 막았다.

반쯤 몸까지 파묻힌 채 떨리는 손으로 미친 듯 금화들을 위로 퍼 올리는 마커스 로렌초를 보던 보리스는 구덩이 위로 걸어갔다.

"당신이 마커스 로렌초인가?"

"히익!"

등 뒤에서 자신을 부르는 소리에 마커스 로렌초는 기겁을 했다.

서둘러 몸을 움직이려 했지만, 금화와 금괴, 귀금속들에 반쯤 몸이 묻혀 제대로 운신조차 할 수 없었다.

가까스로 몸을 돌리고 자신의 머리 위에 서 있는 보리스를 본 마커스는 떨리는 목소리로 입을 열었다.

"누, 누구냐……."

마커스 로렌초의 물음에 보리스는 품에서 한 장의 카드를 꺼내 그에게 던졌다.

카드를 집어든 마커스 로렌초는 미친 듯이 손을 비비며 목숨을 구걸했다.

"제발, 제발 살려주게!"

"왜? 내게 무슨 이익이 있어서?"

"이익이라면 충분히 줄 수 있네. 귀족이 되기를 원하나? 남작? 백작? 말만 해 보게! 내가 백작까지 만들어 줄 수 있네! 돈을 원하나? 옆에 있는 침실을 천장까지 금화로 두 번 채워서

주겠네!"

"호오?"

보리스가 관심을 보이는 듯 쭈그려 앉아 마커스 로렌초를 쳐다보자 그는 다시 한 번 절박하게 목숨을 구걸했다.

"두 번이 적은가? 그럼 두 번 반! 아니 세 번, 세 번을 채워주겠네!"

"이 창고 안에 있는 돈으로는 무리 아니야?"

"이 비밀 금고는 지하까지 뚫려 있는 것일세. 지하에서 4층까지 뻥 뚫려 있지! 돈은 걱정 말고 목숨만 살려주시게!"

"그럼 내 소명은 어떻게 하고?"

보리스의 말에 마커스 로렌초는 다급하게 소리쳤다.

"돈으로 할 수 없는 것이 무엇인가! 이 돈이면 이 대륙 어디를 가서라도 풍족하게 살 수 있네! 내가 아는 마법사에게 말하면 자네 얼굴도 바꿀 수 있어! 제발 살려주게."

마커스 로렌초의 말을 듣던 보리스는 무표정한 얼굴로 자리에서 일어났다.

"미안하군. 저 하늘 위에 떠 있는 미친 별이 사라지지 않는 한, 나는 피할 곳이 없어. 얼굴을 바꾸고, 이름을 바꾸고, 신분을 바꿔도 내 심장을 바꾸지 않는 한 내가 소명을 피할 길은 없어."

마커스의 제안을 거절한 보리스는 다리에 힘을 주었다.

좌라락! 촤악!

보리스가 힘을 주자, 마커스가 쌓아 올렸던 금화의 탑이 무너지기 시작했다. 밀려드는 금화의 홍수 속에 마커스 로렌초가 비명을 질렀다.

"으아악! 아악!"

좌아악!

그렇게 밑으로 흘러내리던 금화의 홍수가 멈추었을 때, 마커스 로렌초의 목까지 금화에 파묻혀 있었다.

엄청난 재화의 무게에 마커스 로렌초는 고통스런 목소리로 중얼거렸다.

"제발…… 제발…… 제…….”

보리스는 근처에 있는 큼지막한 가죽 자루를 열었다.

"사금이군."

내용물을 확인한 보리스는 마커스 로렌초에게 걸어가 자루를 뒤집었다.

"풉! 풉! 커헉!"

쏟아져 내리는 금가루와 금 알갱이에 숨이 막힌 마커스 로렌초는 고개를 흔들며 숨을 쉬기 위해 노력했지만, 쏟아져 내리는 사금은 점점 작은 황금의 산을 만들며 그를 가둬갔다.

보리스가 세 자루 째의 사금을 풀고 나서야, 마커스의 모든 것이 정지했다.

마커스의 죽음을 확인한 보리스는 침실로 돌아갔다. 침실의 불을 끈 보리스는 작은 랜턴의 불을 켜 창밖으로 신호를 보냈다.

팍!

끝에 얇은 줄이 달린 화살이 창틀에 박히자, 보리스는 그 줄을 잡아당겼다.

한참 동안 줄을 당기자 굵은 밧줄이 그 뒤를 따라 끌려왔고, 보리스는 그 밧줄을 침대 기둥에 묶고 두 번 흔들었다.

잠시 후, 그 줄을 타고 미하일 일행이 마커스 로렌초의 침실로 들어왔다.

침실에 들어선 미하일은 침대 위에 쓰러져 있는 시신을 보고 물었다.

"저자가 마커스 로렌초인가?"

"아니, 대역."

"진짜는?"

"저 안에."

보리스의 말에 미하일 일행은 비밀 금고로 들어섰고, 그 자리에서 얼어붙었다.

한참 동안이나 멍하니 황금의 산을 보던 미하일이 떠듬떠듬 입을 열었다.

"이런……. 하아…… 뭐라 할 말이 없군."

"욕심나나?"

보리스의 물음에 미하일은 고개를 저었다.

"상상했던 이상을 보면 사람이 이상해 진다더니 그 말이 맞는 것 같아. 욕심도 안 나."

“저게 전부가 아냐.”

“그럼 또 있다는 소리야?”

미하일의 물음에 보리스는 손가락으로 아래를 가리켰다.

“이 금고는 지하에서부터 4층까지 하나로 되어 있어. 뻥 뚫려 있다는 소리지.”

“허~.”

보리스의 말에 미하일은 한숨을 쉬고는 황금산 한 자락에 주저앉았다. 따라온 정보 길드원들도 눈앞에 보이는 황금의 산에 다리가 풀려 여기저기 주저앉았다.

미하일은 여전히 멍한 표정으로 보리스에게 물었다.

“마커스 로렌초는 죽었나?”

미하일의 물음에 보리스는 한쪽 구석에 만들어진 사금의 산을 가리켰다.

“황금을 좋아했으니 최후도 황금과 함께.”

“세상에서 가장 비싼 죽음을 맞이했군.”

잠시 후, 기운을 차린 미하일은 일의 뒤처리를 고민하기 시작했다.

“단번에 빼내고 증거 인멸을 하기에는 너무 양이 많군. 어떻게 해야 하나…….”

고민을 하던 끝에 미하일은 결론을 내렸다.

“결론은 더러운 타협이로군. 모두 뒤져라. 모든 비밀 서류들을 다 찾아.”

미하일의 명령에 길드원들은 침실의 사방으로 흩어졌다.

약간의 시간이 흐른 후, 길드원들은 여기저기서 서류들을 찾아내 미하일에게 가져왔다. 서류들을 읽던 미하일이 보리스에게 서류를 건네줬다.

“그 놈도 너무 쉽게 죽여줬어.”

보리스는 미하일이 건네준 서류를 읽고는 고개를 끄덕였다.

“그렇군. 어린아이의 생혈까지 마시다니……. 로렌초 상단이 꽤 많은 고아원들을 후원한 것이 이것 때문이었군.”

“믿을 것이 없어서 그런 미신까지 믿다니, 제정신을 가진 상인이라고 볼 수가 없어. 퉤! 퉤!”

바닥에 침을 뱉은 미하일은 서류들을 계속해서 읽어나갔다.

“호오…… 노예 판매까지 했네.”

“노예는 불법 아냐?”

“마하트 왕국에서는 불법. 하지만 강만 타고 내려가도 노예제를 허락하는 나라들이 꽤 많아.”

그러면서 몇 건의 서류를 읽은 미하일은 서류 한 장을 손에 쥐고는 옆에 있던 길드원을 불렀다.

“가서 페가수스 운송 상단의 단주를 찾아 와. 그리고 나머지는 4층을 확실하게 청소하고, 주택에 있는 모든 피고용인들을 다 제압하도록. 그리고 지부에 연락해서 인원 요청을 부탁해.”

미하일의 명령에 길드원 두 명이 창밖으로 사라졌고, 다른 길드원들은 복도로 사라졌다. 보리스는 계속해서 서류들을 살피고 있던 미하일에게 물었다.

"무슨 답이 생긴 거야?"

"정답은 아니지만, 쓸 만한 답은 건졌어. 왕국 내에서는 다섯 손가락 안에 들어가는 상단인데, 주 영업 지역이 돌프 공작 영역이야. 그런데 이번에 제이너스 공작 쪽에 상당한 정치 금액을 헌납했더라고."

"멍청한 짓을 했군."

"글쎄……. 이번에 제이너스 공작 지역에 있는 상단 하나를 인수할 생각이었나 봐. 이걸 가지고 좀 낚아 봐야지. 저 금덩이들을 옮길 수단은 생겼네."

"도대체 길드에서 너의 위치는 어디냐?"

보리스의 물음에 미하일은 미소를 지었다.

"이 정도의 일은 내 재량으로 결정할 수 있는 위치. 더 이상은 영업 비밀이야."

"그럼 몰이꾼의 조직은 얼마나 되는 거야?"

"흐음……. 몰이꾼들의 주요 조직은 정보 길드 내에 있다고 보면 돼. 그렇다고 전부 정보 길드 요원은 아니고."

"호오~."

"자, 우선은 이 비자금들을 운반하는 것이 급하니까, 이 서류부터 좀 정리하고 이야기를 나누지."

말과 동시에 미하일은 다시 서류에 고개를 박았고, 보리스
는 자신이 사용한 단검들을 회수해 정비를 했다.

"후우~ 끝났군."
"끝났냐?"
"응."
가볍게 기지개를 편 미하일은 보리스를 바라봤다.
"묻고 싶은 것이 많은 것 같은데, 알고 싶은 것이 뭐야?"
"도대체 정보 길드는 왜 자금 확보에 집착하지? 비밀 서류
를 모으는 것은 이해하지만, 지난번의 망할 마법사 건도 그렇
고 이번도 그렇고, 자금 확보에 목숨을 매단 모습을 보이고
있어."
보리스의 말에 미하일은 의자에 등을 기대고 팔짱을 꼈다.
잠시 생각을 하던 미하일이 입을 열었다.
"조만간 큰 싸움이 벌어질 거다."
"큰 싸움? 내전 말인가?"
"아아, 내전도 큰 싸움이긴 하지. 하지만, 그것보다도 더욱
큰 싸움이 벌어질 거야."
"국가 간의 전쟁이라도 벌어진단 말인가?"
"맞아. 내 설명을 해주지."
미하일은 백지에 펜으로 큰 동그라미를 그리고는 선을 그으
며 설명을 시작했다.

“이 동그라미를 대륙이라고 보면, 이쪽 동부와 남부엔 이미 제국으로 자칭하는 국가들이 일어섰다. 아직 제국으로서의 완벽한 모습을 보이지는 않고 있지만, 주변 국가들을 병합하거나 복속시키면서 기틀을 다지고 있어. 문제는 이 마하트 왕국과 모르드, 가이만 왕국이 몰려 있는 여기, 우리가 있는 서부야. 지금 시점에 누군가가 이 세 왕국들을 하나로 모아 칭제하고 주변의 소규모 왕국들을 병탄하지 않으면 동부와 남부 제국 가운데 하나에게 먹히거나 산산이 찢겨 나갈 거다.”

“지도자들은 모르고 있는 거야?”

“모르드와 가이만은 슬슬 준비를 하고 있는 것으로 파악되고 있는데, 마하트는 감감 무소식이야.”

“왜 그런 거야?”

“육상 통로는 여기 이 회랑 하나뿐이라고 생각하고 있으니까. 그 곳만 틀어쥐고 있으면 걱정없다는 생각인 것이지. 두 공작들도 그것은 알고 있기에 이 회랑을 지키는 부대에는 손을 안 대고 오히려 지원들을 해 주고 있는 것이고.”

“바다로 올 수도 있잖아?”

“상륙할 항구가 없지.”

“결론은 들어올 곳이 뻔하니 신경을 안 쓰고 있는 것이다?”

“맞아.”

“그 이유가 왜 정보 길드가 돈에 집착하는 것을 설명해 주는 게 되는 거지?”

"전쟁이 벌어지면 죽어나가는 것은 일반 백성들이야. 병사로 끌려 나가 죽어나고, 약탈당해 굶어 죽어간다. 우리는 그런 백성들을 돕기 위해 돈을 모으는 것이다."

"언제부터 정보 길드가 구호 집단이 된 거야?"

"처음 생길 때부터."

미하일은 단호하게 대답했다.

의자에서 일어난 미하일은 화려한 침실의 벽을 두들기며 보리스에게 물었다.

"이 속담들 알아? 귀족의 저택을 쌓을 때, 벽돌과 돌들을 굳히는 접착제는 평민의 피, 귀족의 저택 벽에는 평민이 묻혀 있다."

"잘 알지."

"정보 길드의 또 다른 이름이 뭔지 알아?"

"벽 속의 귀…… 그럼!"

"그래, 맞아. 정보 길드는 평민들이 살아남기 위해 만든 조직이야. 그렇기 때문에 전 대륙적인 규모가 될 수 있었던 것이고."

정보 길드의 창설 비화를 듣게 된 보리스는 놀람을 감추지 못하고 물었다.

"그럼 왜 하필 정보 길드인 거야?"

"권력자에게서 생존을 할 수 있는 가장 중요한 도구는 둘. 하나는 돈, 다른 하나는 정보야. 처음엔 상인들을 중심으로 세력을 모아봤지만, 돈을 모은 상인들은 또 다른 귀족이 되어버리더군.”

“그래서 이 도시를 싫어하는 거야?”

“뭐, 그런 이유도 있어. 좋은 상인도 있고, 뜻있는 상인도 많지만, 썩은 상인은 더욱 많아. 그래서 평민들은 정보를 모으기 시작했지. 귀족의 대저택에서 허드렛일을 하는 하인들이 가져온 정보, 짐마차를 모는 마부들이 가져온 정보. 대장간에서 칼을 만드는 대장장이가 준 정보 등등. 사회 모든 곳의 밑바닥에서 일하는 평민들이 가져온 정보를 모두 모아 살피기 시작했지.”

미하일은 잠시 말을 멈추고는 눈을 감았다 뜨며 말을 이었다.

“하녀들이 주워들은 귀부인들의 가십이라던가, 마법 학회나 군에 납품하는 물건들을 나르는 사람들이 알려온 화물의 증감과 같은 단편적인 것을 모아 커다란 정보들을 만들기 시작했지. 과도하게 평민을 억압하는 귀족이 있으면 그 정적에게 약점을 알려서 세력을 꺾어버리고, 전쟁이 벌어질 것 같으면 미리 정보를 흘리는 식으로 최대한 평민들이 살 방도를 만드는 것. 마지막으로 평민들도 사람답게 태어나 사람답게 살다가 사람답게 죽을 수 있는 사회를 만드는 것. 그것이 정보 길드가 만들어진 이유이자 목표인 거다.”

말을 하는 미하일에게서는 강한 의지가 흘러나왔다. 보리스는 입안이 마르는 것을 느끼며 다시 물었다.

"정보 길드의 꿈은 혁명을 일으키는 것인가?"

"최종 목표는 그럴 수도 있겠지."

"그럼 지금 벌이는 일들도?"

"아니. 아직은 아니야. 아직은 평민들이 준비가 안 되어 있어. 깨친 평민들이 점점 늘어나고 과반을 넘어가는 평민들이 부조리를 깨닫는 그때, 우리가 일을 벌이지 않더라도 혁명의 불꽃은 타오를 거다. 지금은 단지 전쟁을 준비하는 것뿐이야."

"그래서 정보 길드와 몰이꾼들이 나를 돕는 것인가?"

"솔직히 말하자면 그래. 피에 굶주린 미치광이나 완전히 악에 절어버린 인간이 평민이라면 법의 심판이나 우리 손으로 처리할 수가 있지. 하지만 그 죽일 놈이 법을 우습게 볼 수 있는 위치에 있거나, 강한 힘을 가지고 있다면 그를 해결할 수 있는 것은 사냥꾼 밖에 없어."

미하일은 눈을 들어 보리스를 정면으로 응시했다.

"그렇기 때문에 초대 사냥꾼이 이 대륙에 왔을 때 정보 길드는 몰이꾼을 자청한 것이었고, 초대 사냥꾼과 그 동료들이 합의의 증표로 보는 법과 몇 가지 무예를 가르쳐 준 것이지. 그것을 이용해 우리는 몰이꾼들을 만들어 냈고, 암살자들을 만들어 냈지. 아까, 정보 길드가 몰이꾼일 수는 있지만, 몰이꾼이 꼭 정보 길드는 아니라는 말을 했지? 만약에 정보 길드가 치명적인 타격을 입더라도 사냥꾼을 돕기 위해 그렇게 한 거야. 그 정도로 우리 평민들에겐 중요한 것이 사냥꾼이야. 평민들이 아무리 힘들더라도 언젠가는 사냥꾼이 나타나 자신들의 억울함을 대신 풀어줄 것이라는 희망을 가지게 하기 위해서 말이야.”

미하일의 말에 보리스는 한숨을 내쉬었다.

“후우~. 저 하늘의 붉은 별은 내 심장을 아프게 만들더니 이 땅위의 인간들은 점점 내 어깨를 무겁게 만드는군.”

보리스의 말에 미하일은 웃으며 보리스의 어깨를 툭툭 쳤다.

“그래서 우리가 있는 거잖아.”

“눈물 나게 고맙군.”

미하일의 말에 보리스는 얼굴을 찡그리며 툴툴 거렸다.

창밖에 붉게 빛나는 귀성을 흘낏 바라본 보리스는 미하일에게 물었다.

“그럼 이번 전쟁은 언제 일어나는 거야?”

“아직은 몰라. 당장 내일이라도 일어날 수 있고, 아니면 10년 후에라도 일어날 수 있겠지. 하지만 가능한 빨리 일어나 단기전으로 끝나는 것이 최선이야. 세 나라의 국력이 비등비등해진 상태에서 전쟁이 벌어지면 장기전의 수렁으로 빠져들 것이고, 그것은 좋을 게 없어. 마른 들에 불이 번지는 것처럼 크고 강하고 빠르게 일어나 순식간에 끝나야 평민들이 받을 고통도 준다. 그리고 다시 체력을 키워야 두 제국의 압박에서 벗어날 수 있어."

"그럼 이 대륙을 세 개로 나누겠다는 소리야?"

"당분간은."

"당분간? 그럼 그 다음에는?"

"그 다음에는 다시 잘게 쪼개지겠지. 평민들이 권력자를 견제할 힘을 키우기 전까지는 '하나의 대륙, 하나의 정부'라는 것은 무슨 일이 있어도 피해야 해."

"평민의 꿈이 무척 거대하군. 대륙을 아우르다니."

"귀족이 없는 마을은 있어도 평민이 없는 마을은 없어. 평민이야말로 대륙의 주인이다."

단호한 미하일의 대답에 보리스는 손을 반쯤 들고는 중얼거렸다.

"평민 만세."

보리스의 반 장난, 반 비아냥거림에 미하일은 피식 웃었다.

"물론 큰 꿈이지만, 못 이룰 꿈은 아니야. 내 대에서는 힘들지 몰라도 몇 세대 뒤에는 반드시 이뤄질 거다. 자! 조금 있으면 해가 뜰 거고 손님들이 많이 몰려올 거야. 사냥꾼의 얼굴은 알려져서 좋을 것이 없으니까 먼저 돌아가."

"그러지."

미하일의 말을 들은 보리스는 주저없이 창문으로 걸어갔다. 그런 보리스를 미하일이 불러 세웠다.

"잠깐. 우선 저기서 챙겨갈 것 있으면 좀 챙겨가. 움직일 돈은 있어야 하잖아?"

"지금도 충분해."

"모자란 것도 있잖아. 그리고 괜찮은 장신구 있으면 좀 가져가. 선물해야 할 것 아냐?"

"선물? 누구에게?"

"마리들."

미하일의 말에 보리스는 걸음을 돌려 밀실로 들어갔다.

사금을 뿌리고 비어버린 자루를 찾아든 보리스는 금화와 보석들을 대충 챙기기 시작했다.

한참 동안 주머니에 보석과 금화들을 쓸어 담던 보리스는 아름다운 목걸이를 손에 쥐고 탄성을 질렀다.

"이거 정말 아름답군!"

"뭔데?"

보리스의 탄성에 밀실로 들어온 미하일은 그의 손에 들린 목걸이를 보고는 휘파람을 불었다.

백금과 작은 보석들로 꾸민 하트 모양의 목걸이는 갓 태어난 아기의 주먹만 한 크기였고, 하트의 중앙에는 녹색의 사파이어가 박혀 있었다.

보리스는 조심스럽게 목걸이를 품 안에 넣고 다른 귀금속들을 주머니에 담았다.

주머니를 가득 채운 보리스는 그것을 등에 잘 묶고 창틀에 발을 올렸다.

“먼저 간다. 수고해.”

“수고했어. 아! 당분간은 이곳에서 머물러야 할 거야.”

“왜?”

“수도가 좀 시끄러워. 덕분에 앞으로의 일정을 다시 조정해야 할지도 몰라.”

미하일의 말에 보리스는 고개를 끄덕이고 창밖으로 몸을 날렸다.

어느새 사라진 보리스의 그림자를 바라보던 미하일은 다시 책상으로 돌아와 앉았다.

하지만 몇 장의 서류를 살피던 미하일은 하던 일을 멈추고는 곤혹스런 표정을 지었다. 그의 뇌리에는 계속해서 보리스가 손에 들고 있던 목걸이의 모습이 떠올랐다.

“어디선가 소문으로 들은 목걸이인데…… 어디서 들었었지?”

*   *   *

여관으로 돌아온 보리스는 조용히 방의 창문을 열고 들어섰다.

“돌아왔어?”

“밤을 샌 거야?”

의자에 앉아서 창문만을 보다 자신을 보고 반색하는 작은 마리를 보고 보리스는 걱정스럽게 물었다.

"응."

"자라고 했잖아."

"괜찮아. 괜찮아."

작은 마리는 연신 괜찮다며 보리스에게 다가와 폭 안겼다. 자신의 품 안으로 파고드는 작은 마리의 머리를 부드럽게 쓰다듬으며 보리스는 편안한 표정을 지었다.

"에헷."

보리스의 손길이 기분 좋은지 작은 마리 역시 작게 웃으며 더욱 보리스의 품에 파고들었다.

작은 마리를 품에 안은 보리스는 의자에 앉아 작은 마리의 등을 가볍게 토닥거리며 조금씩 잠에 빠져들었다.

*　　　*　　　*

아침이 되어 일터로 나가는 사람들의 소음으로 잠에서 깬 보리스는 큰 마리를 불렀다.

큰 마리가 방에 들어와 앉자, 보리스는 자루에서 몇 개의 보석 장신구들을 꺼내 큰 마리와 작은 마리에게 주었다.

"이거 뭐야?"

"어제 나갔다가 얻어 온 거야. 두 사람에게 주는 거야."

보리스의 말에 작은 마리의 입이 점점 앞으로 튀어나왔다.

"그런데 큰 마리는 왜 주는 거야!"

"큰 마리는 작은 마리가 건강하도록 도와주잖아. 마법도 가르쳐 주고. 그러니 선물받을 자격있어."

"핏!"

보리스의 설명에도 불구하고 작은 마리의 볼은 계속 부풀어 있었다. 그런 작은 마리에게 보리스가 품에서 목걸이를 꺼내 보여주었다.

"이건 우리 귀여운 작은 마리를 위한 특별 선물."

"와아!"

"와아~."

보리스가 꺼낸 목걸이를 본 마리들은 동시에 탄성을 질렀다. 작은 마리는 떨리는 목소리로 보리스에게 물었다.

"이거 정말 나 주는 거야?"

"응."

보리스의 말에 작은 마리는 조심스럽게 목걸이를 목에 걸었다.

작은 마리의 신체로 인해 목걸이의 하트는 작은 마리의 배 부분에서 흔들거렸다.

"아직은 큰가 보네. 나중에 작은 마리가 제대로 크면 그때 다시 줄게."

"아냐! 아냐!"

보리스가 손을 내밀자, 작은 마리는 목걸이의 하트를 꼭 쥐고 고개를 저었다. 작은 마리의 행동에 보리스는 한 발 물러섰다.

"그래. 그럼 계속 매고 있어. 하지만 다른 사람들 눈에 안 띄게 해야만 한다?"

"웅! 웅! 고마워!"

크게 고개를 끄덕거린 작은 마리는 목걸이를 품속으로 집어넣고 보리스의 품에 뛰어들어 그의 뺨에 뽀뽀를 해댔다.

그런데 미소를 지으며 그 모습을 보던 큰 마리의 얼굴에서 순간 미소가 사라졌다.

'뭐지? 분명히 어디선가 소문으로 들었던 목걸이와 비슷한 것 같은데…… 뭐였었지?'

"웅? 큰 마리, 표정이 왜 그래? 샘나는 거야?"

"웅? 아, 아냐!"

작은 마리의 물음에 정신을 차린 큰 마리는 고개를 저었다. 작은 마리를 품에서 내려놓은 보리스는 의자에서 일어났다.

"자, 아침부터 먹지. 미하일은 좀 늦을 거야."

*　　　*　　　*

"살려줘!"

두 다리를 꼬치에 꿰인 것처럼 창에 찔린 어린 소년이 비명을 질렀다. 보리스가 창을 움직일 때마다 소년은 피눈물을 뿌리며 비명을 질러댔다.

어느 순간, 보리스는 자신의 다리에서 엄청난 고통을 느끼고 시선을 돌렸다.

자신의 두 다리가 꼬치처럼 창에 꿰여 있었고, 피눈물로 범벅이 된 소년이 섬뜩하게 웃으며 그 창을 돌리고 있었다.

보리스는 비명을 지르려 했지만 소리를 지를 수 없었다. 고개를 드니 마커스 로렌초가 그의 얼굴에 금가루를 들이붓고 있었다.

보리스는 그 자리에서 벗어나려고 했지만 빅토르가 보리스의 팔을 잘라내 버렸다. 어둠 속에서 보리스가 죽인 이들이 하나둘 나타나 그에게 다가왔다.

"살인자."

"아니야."

"살인자!"

"아니야!"

"이 살인자!"

"아니란 말이야!"

"너도 살인을 즐기는 살인귀야!"

"아니란 말이다!"

'살인자'를 외치며 다가오는 망령들 뒤로 붉게 빛나는 별이 나타났다. 별에 달린 눈은 보리스를 보며 웃고 있었다.

"아아악!"

잠을 자던 보리스는 비명을 지르며 침대에서 벌떡 일어났다. 옆에서 같이 자던 작은 마리가 크게 놀라며 보리스에게 물었다.

"무슨 일이야?"

"아니야, 아니야……. 난 살인자가 아니야……. 난 살인을 즐기지 않았어……."

작은 마리의 물음에도 불구하고 보리스는 정신없이 중얼거리고 있었다.

자신의 손을 내려다보며 '난 살인자가 아니야.' 라는 말만을 반복하는 보리스를 보던 작은 마리는 그를 힘껏 껴안았다.

"그래……. 보리스는 살인자가 아니야. 보리스는 좋은 사람이야. 보리스는 좋은 사람이야."

작은 마리의 조그만 가슴에 얼굴을 묻은 보리스의 눈에서 눈물이 흐르기 시작했다.

"욱, 으흑……. 크흑."

달빛만이 비쳐 들고 있는 여관의 방에는 이를 악물고 눈물을 흘리는 남자의 울음소리가 허공을 채웠다.

*　　　*　　　*

나흘이 지나서야 미하일이 보리스를 찾아왔다.

"다 끝난 거냐?"

"대충은. 그 많던 자금들이 무사히 도시를 빠져나갔으니 절반은 간 거지. 이제 밖에서 다른 친구들이 알아서 해결할 거야."

"다행이군. 그럼 이제 어디로 가야 해?"

보리스의 말에 미하일은 그의 눈을 자세히 쳐다봤다.

"어라? 며칠 동안 철야를 한 것은 난데, 얼굴이 왜 그 모양이야?"

"신경 끄고 어디로 갈 지나 말해."

보리스의 날카로운 반응에 미하일은 어깨를 으쓱하고는 본론으로 들어갔다.

"국경을 넘어 모르드로 간다."

"마하트에는 인귀가 더 이상 없는 거야?"

"아니. 있기는 하지만 사냥꾼이 나설 필요는 없을 것 같아."

"왜?"

"조만간 두 공작이 붙을 것 같거든. 돌프 공작이 란츠크네히테를 고용했다."

"란츠크네히테?"

"가이만의 유명한 용병대야. 반쯤은 정규군인데 1,000명 단위로 구성된 장창 보병대는 어지간한 기사단도 제압할 수 있다는 소문이야. 이번에 돌프 공작이 그 란츠크네히테 1개 지대 1,000명을 고용했어."

"제이너스 공작도 알아?"

"모르지만 조만간 알겠지. 아마 다음 주 정도에 돌프 공작이 선전포고를 할 거야."

"그런가? 그래서 이 왕국에서 볼 일은 끝났다는 거야?"

한쪽에 놓인 배낭에서 술병을 꺼낸 미하일은 술잔을 채우며 고개를 끄덕였다.

"맞아. 조만간 서로 죽고 죽이며 대충 정리될 거야."

"승자는 누구일 것 같아?"

미하일에게서 술병을 받아 온 보리스는 술잔을 채우며 물었다. 보리스의 물음에 미하일은 술잔을 비우고 예상외의 대답을 했다.

"국왕."

"응?"

"가장 많은 준비를 한 이는 두 공작들이 아니라 국왕이야. 이번 내전의 최대 수혜자는 국왕이 될 거야. 그 결과로 네가 기겁했던 이 도시의 인귀들도 정리되겠지. 국왕이 두 공작들 만큼이나 이를 가는 이들이 이 도시의 장사치들이니까."

"돈을 바치면서 빌면 넘어가지 않을까?"

"아니, 국왕은 제법 많은 돈이 필요해. 아마 이 도시의 삼분의 이 정도를 쓸어서 구멍 난 지갑을 메우려 들 거야."

미하일의 말에 보리스는 자신과 미하일의 잔을 채우고 잔을 들었다.

"청소를 대신해줄 국왕을 위해."

"위해."

쨍!

술잔을 부딪친 두 사람은 단번에 술잔을 비웠다.

보리스와 자신의 잔에 술을 채우며 미하일이 큰 마리를 쳐다봤다.

"아, 큰 마리에게 당부가 있는데 학회에는 연락하지 마. 어차피 공작들이나 국왕이나 마법사들에게 피해를 주지는 않을 거니까."

"알아. 내가 안 해도 돌프 공작 쪽에 속한 귀족들에게 나가 있는 이들이 알아서 전하겠지. 사냥꾼의 뒤를 쫓는다고 나가서 행방불명인 내가 연락하면 그게 더 이상해."

"그렇군. 그럼 건배."

큰 마리의 말에 미하일은 그녀를 향해 잔을 들어 보인 후 곧장 비우고는 자리에서 일어났다.

"그럼 이틀 후에 모르드로 가는 상행이 있다니까 그때 얹혀서 가자고. 난 자러 간다."

"잘 자라."

＊　　　＊　　　＊

이틀 후, 모르드로 가는 상단의 마차 행렬 끝 자락에는 보리스 일행들이 탄 마차가 따르고 있었다.

회랑의 요새로 향하는 관도를 행진하는 마차의 행렬은 길고, 느리고, 지루했다.

마차를 끄는 말들은 앞의 마차를 따라 터벅터벅 걸음을 옮겼고, 말을 끄는 마부들은 마부석에서 끄덕끄덕 졸거나 옆에서 걸음을 옮기는 용병들과 농담이나 음담패설을 주고받았다.

아카디아를 출발한 지 이틀째 되는 날, 행렬의 선두에서 한 마리의 말이 급히 뒤를 향해 달려왔다. 말 위의 기수는 마차들을 향해 고래고래 소리를 질렀다.

"빨리 길옆으로 마차를 세워!"

"용병대가 지나간다! 길옆으로 마차를 몰아!"

"길옆으로 마차를 세워라!"

기수의 외침에 마부들은 허겁지겁 마차를 길옆으로 몰았다. 보리스가 마차를 길옆으로 몰자, 옆에 앉아있던 미하일이 얼굴을 가리던 모자를 위로 올리며 중얼거렸다.

"드디어 행차시군."

"행차라니?"

"란츠크네히테."

*　　　*　　　*

상단의 행렬들이 옆으로 비켜선 관도를 일단의 마차들과 사람들이 지나갔다.

　5미터가 넘는 장창과 갑옷과 방패들, 그리고 병사들이 가득 찬 마차들 옆을 또 다른 병사들이 경무장을 한 채 호위를 하고 있었다.

　병사들의 중간 중간 말을 탄 장교들이 부하들을 살피며 말을 몰았다. 행렬을 바라보던 보리스가 미하일에게 질문을 했다.

　"걷는 병사들은 뭐고 마차에 탄 병사들은 뭐야?"

　"같은 병사들이야. 교대로 마차에 타거나 걸으면서 체력을 보존하는 거지."

　"다 마차에 태우면 되잖아?"

　"마차 값과 말 값, 사료 값을 생각해 봐."

　"아아."

　대화를 나누는 가운데 병사들의 행렬이 다 지나가고 또 다른 마차들이 뒤를 따랐다.

　천박한 치장을 한 마차의 창문들에는 가슴을 반 이상 드러내고 싸구려 화장품으로 떡칠을 한 여인네들이 상체를 밖으로 내밀고 상단을 향해 손을 흔들어대며 소리를 지르고 있었다.

　그 뒤로는 좀 더 수수한 마차에 어린 아이들과 갓난아기를 품에 안은 여인들이 타고 있었다.

　"작은 마리는 안 보는 것이 좋아."

　보리스의 말에 작은 마리는 두말 않고 마차 안쪽으로 자리를 옮겼다.

　란츠크네히테의 행렬이 지나가자 상단의 행렬은 다시 관도로 올라와 가던 길을 재촉했다.

"저 아이들은 어떻게 될까?"

"누구? 아~. 글쎄…… 병이나 기타 사고로 일찍 죽지 않으면 란츠크네히테의 새로운 용병이 되겠지. 그리고 자신들의 아비와 같은 길을 가겠지. 재미없는 인생이야."

낮게 가라앉은 보리스의 물음에 미하일은 냉소적인 대답을 했다.

*　　*　　*

하루를 더 소비하고 나서야 보리스 일행은 중간 목적지인 회랑에 도착했다.

마차 네 대가 동시에 지나갈 정도의 폭을 가진 회랑 중간에는 거대한 성벽이 가로막고 있었다.

"저 성벽이 마하트 왕국의 최초 관문이자 최후 관문인 마지노 요새야."

"크군."

미하일의 설명에 심드렁하게 대답한 보리스는 성벽이 가까워지면서 점점 표정이 굳어졌다. 보리스의 표정을 살피던 미하일이 조심스럽게 물었다.

"왜 그래?"

"모르겠어?"

“뭐를?”

“저 성벽.”

“모르겠는데? 큰 마리는 뭐 좀 알겠어?”

“모르겠는데?”

“작은 마리는?”

“나도 잘 모르겠어.”

보리스의 말에 미하일은 큰 마리와 작은 마리에게 물었지만 마리들 역시 고개를 저었다. 미하일은 다시 보리스에게 물었다.

“뭔데 그래?”

“저 성벽은 무언가를 숨기고 있어. 보통은 사람들의 손을 탄 건물들은 아무리 작고 낡은 건물들일지라도 지은 이들의 의지라던가 그 비슷한 것이 남아 있어. 그런데 저 성벽에는……”

성벽을 노려보던 보리스는 한숨을 쉬었다.

“후우~. 저 성벽은 아무 것도 느낄 수가 없어. 무엇인가 감출 것이 있어서 철저하게 감추다 보니, 성벽에서 그 어떤 것도 느낄 수가 없는 거야.”

잠시 후, 검문을 마치고 보리스 일행은 성문을 통과했다.

성문을 통과한 앞길은 갑자기 절반으로 줄어 있었고, 나머지 절반에는 높이 5m의 석벽이 자리를 잡고 있었다.

성벽 앞에 만들어진 해자에서부터 시작된 석벽은 100m정도 이어져 있었다.

석벽을 지나는 동안 보리스의 얼굴은 점점 하얗게 질려갔다. 석벽을 통과한 보리스는 길게 숨을 몰아쉬었다.

보리스의 얼굴에 다시 혈색이 돌아오자, 미하일이 다급히 물었다.

"괜찮아?"

"으응……."

대충 대답한 보리스는 몸을 일으켜 성벽과 그 앞에 있는 석벽을 다시 바라봤다. 한참 동안 지나온 길을 노려보던 보리스는 다시 앉으며 중얼거렸다.

"저 성벽과 석벽에 감춘 것이 무엇인지 몰라도 그것이 정체를 드러내는 날은 생각하기도 싫을 정도로 끔찍하겠군."

한편, 마차 안쪽에 앉아 있던 작은 마리 역시 성벽과 석벽을 노려보고 있었다. 이를 악물고 쳐다보던 작은 마리가 몸을 돌려 앉았다.

"내가 있던 그 저주받은 곳과 같은 느낌이야. 그곳처럼 태워 버려야 해……."

『헌터에이지』 2권에서 계속.

초등학생이 반드시 읽어야 할 좋은 책 49권

각 학년별로 초등학생이 반드시 읽어야할 좋은 책을 선정하여 통합논술의 기본이 되는 '올바른 독서법'을 일깨워 줍니다.

교과서와 함께하는
초등학교 통합논술

초등1학년 | 값 12,000원 / 초등2학년 | 값 9,500원 / 초등3학년 | 값 11,000원 / 초등4학년 | 값 9,500원 / 초등5학년 | 값 9,500원 / 초등6학년 | 값 11,000원

♣ 혼자 할 수 있어요.

엄마가 책 읽는 방법을 가르쳐 주어도 좋아요.
독서지도하는 선생님이 가르쳐 주어도 좋답니다.
"초등 교과서와 함께하는 **통합논술 시리즈**"는
아이 스스로 독서할 수 있도록 꾸며진 책이에요.
엄마와 선생님은 요령만 가르쳐 주시면 된답니다.

♣ 교과서의 중요한 내용이 총정리되어 있어요.

각 학년별로 중요한 교과 내용이 함께 수록되어 있어요.
초등학생은 교과서 내용을 충실하게 공부해야합니다.
아울러 그와 병행한 독서가 대단히 중요하지요.
"초등 교과서와 함께하는 **통합논술 시리즈**"는
두 가지 방법 모두 알려준답니다.

♣ 이 책은 훌륭하신 선생님들이 함께 쓰신 책이랍니다.

동화작가 선생님들이 쓰셨어요. 소설가 선생님도 쓰셨답니다.
국어 논술독서지도 선생님들도 함께 쓰셨지요.
"초등 교과서와 함께하는 **통합논술 시리즈**"는
엄마의 마음으로 모든 선생님들이 함께 꾸민 책이랍니다.

입소문을 통해 아는 분은 다 알고 계십니다!
올 한해 공인중개사 최고의 화제작!

1~2권 합본 | 이용훈 지음
3~4권 합본 | 이용훈 지음
5~6권 합본 | 이용훈 지음
용어해설 | 이용훈 지음

수험생 기본 필독서
만화 공인중개사